www.tredition.de

AF185011

Anne-Marie Bruch

Entgegen der Fahrtrichtung

www.tredition.de

© 2020 Anne-Marie Bruch

Verlag und Druck:
tredition GmbH, Halenreie 40-44, 22359 Hamburg

ISBN
Paperback: 978-3-347-21101-8
Hardcover: 978-3-347-21102-5
e-Book: 978-3-347-21103-2

I

Am Anfang eines Tages liegt alles im Dunkeln. Vierundzwanzig Stunden wie verdeckte Karten, von Rätseln und Geheimnissen umhüllt. Was werden sie dem Menschen bringen? Glück und Zufriedenheit? Freude und Wohlbefinden? Erfolg oder Misserfolg? Ärger, Sorgen, Ängste, Verzweiflung? Im schlimmsten Fall ein Unheil, das unhaltbar seinen Lauf nimmt? Ein Ereignis, das in einer Katastrophe endet? Alles ist möglich, nichts vorhersehbar. Das Perpetuum mobile des Lebens bestimmt die Richtung, setzt die Dinge in Gang. Niemand kann sich ihm entziehen.

27. Oktober 2002. An diesem Tag, von dem die Rede sein wird, gerieten die Ereignisse bereits frühmorgens aus dem Lot. Es lag etwas in der Luft. Kurz nach Mitternacht war ein Orkan über Norddeutschland hinweggefegt und hatte eine Schneise der Zerstörung hinterlassen. Wie ein Schreckgespenst hatte die Faust der Natur gewütet und den Menschen wieder einmal das Fürchten gelehrt. Abgedeckte Häuser, überflutete Straßen, entwurzelte Bäume, Stromausfall ... Vor allem die Bahn hatte alle Hände voll zu tun, die beschädigten Oberleitungen zu reparieren, um den Zugverkehr nicht zum Erliegen zu bringen. Chaos und Hektik auf den Bahnhöfen, Nervosität unter den Passagieren.

Im Hauptbahnhof Hamburg stand der Intercity nach Zürich und wartete auf das Signal zur Abfahrt. 11.23 Uhr. So die Ankündigung. Leider nicht die Realität. Um die Verbindung nicht streichen zu müssen, hatte die Bahn kurzfristig einen Ersatzzug zum Einsatz gebracht. Dieser stand auf Gleis zehn und rührte sich nicht vom Fleck. 11.45 Uhr... Was war los? Gern hätte man den Grund für die Verzögerung erfahren, doch es kam keine Durchsage. Man nahm es hin, wenn auch zähneknirschend. Schienenprobleme, gedrosselte Geschwindigkeit, Verspätung, Aufenthalt an zusätzlichen Bahnhöfen ... Das würde ja heiter werden. Doch von dieser Seite konnten es nur die wenigsten betrachten. Man wollte ans Ziel, und das so schnell wie möglich. Immer wieder ragten Köpfe zum Fenster hinaus, die Hälse reckten sich nach hinten zu den letzten Wagons. Dort gab es etwas zu sehen. Uniformierte Beamte stürmten den hinteren Teil des Zuges, aus dem lautstarke Wortgefechte nach außen drangen. Szenen wie in einem Western-Film, die Spekulationen schossen ins Kraut. Wer das Glück hatte, in der Nähe des Schauplatzes zu sitzen, wusste schon bald Bescheid. Von handgreiflichen Auseinandersetzungen war die Rede, einem Familienzwist, der eskaliert war und einer Schlichtung bedurfte. Als ob es nicht schon genug Probleme gab! Jetzt auch das noch. Weitere fünfzehn Minuten vergingen, bis die Einsatzkräfte auf dem Bahnsteig erschienen, zwei Personen in ihrer Mitte. Wie sich herumsprach, waren sie vorbestraft, hatten weder Fahrausweise noch Papiere bei sich, dafür Waffen mit scharfer Munition. Nun, von Polizeikräften eskortiert und in Gewahrsam genommen, stand der Abfahrt des Zuges nichts mehr im Wege.

Draußen hatte sich die Natur beruhigt. Der Sturm war einem schwachen Lüftchen gewichen. Nichts erinnerte mehr an die Brachialgewalt der Nacht, die der menschlichen Existenz Grenzen aufgezeigt hatte. Allmählich klarte der Himmel auf, die Sonne setzte sich mehr und mehr durch. Man konnte annehmen, es würde ein guter Tag werden.

Auch im Zug hatten sich die Wogen geglättet. Man diskutierte noch eine Zeitlang über die Unberechenbarkeit der Natur, die Risiken der Bahn, die ausgedienten Ersatzzüge. Ein paar erhitzte Gemüter machten ihrem Ärger Luft und drohten mit Konsequenzen. Doch die Mehrzahl der Fahrgäste zeigte Verständnis für die Lage und wendete sich sinnvolleren Tätigkeiten zu. Man las Zeitung, holte den Aktenkoffer heraus oder entspannte sich bei einem Kaffee. Ab und zu der Klingelton eines Handys. Es gab viel zu telefonieren in diesen Stunden der Ungewissheit. Angeblich sollte die Verspätung von einer Stunde im Laufe der Fahrzeit aufgeholt werden, was die Fahrgäste mit einem Schulterzucken zur Kenntnis nahmen. Der Zug rollte, das war die Hauptsache.

II

Auf einer der folgenden Stationen stieg eine Frau zu. Sie winkte kurz zum Fenster hinaus, dann steuerte sie zielstrebig den reservierten Platz im Erste-Klasse-Abteil an. Ein prüfender Blick auf die Nummern. Keine Anzeige. Ach ja, in diesem Zug hatte die Reservierung keine Gültigkeit. Folglich ein paar Schritte zurück auf die gegenüber liegende Seite. Dort war ein Vierertisch mit freien Plätzen. Sie entschied sich für den Platz entgegen der Fahrtrichtung. Vorwärts oder rückwärts, es war kein Problem. Ein junger Mann sprang auf und bot sich an, beim Verstauen des Koffers in der Gepäckablage behilflich zu sein. Sie lehnte ab. „Danke, nicht nötig", sagte sie, fast ein wenig vorwurfsvoll. Sie wollte es selbst erledigen und beförderte im Nu das nicht eben leichte Gepäckstück nach oben. Dabei machte sie einen routinierten Eindruck. Wahrscheinlich fuhr sie öfter Zug.

Nun saß sie am Fenster, die Arme verschränkt, und schaute hinaus. Nicht etwa neugierig und interessiert an dem, was außerhalb des Fensters vor sich ging. Die Welt draußen, in mattes Oktoberlicht getaucht, schien sie nicht zu berühren. Teilnahmslos, fast geistesabwesend, starrte sie hinaus. Ab und zu legte sie die Stirn in Falten, zuckte leicht mit den Schultern, seufzte. Nur selten wandte sie den Kopf zur Seite, meist dann, wenn der Zugbegleiter das Abteil betrat, um die Fahrausweise der zugestiegenen Fahrgäste zu kontrollieren.

„Bitte sehr, Ihr Anschlusszug wird erreicht. Wir sind gut in der Zeit."

„Danke. Hoffentlich haben Sie Recht."

Ihre Haltung hatte etwas Vornehmes, was die elegante Kleidung unterstrich. Klassisches, marineblaues Kostüm, tailliert, tadelloser Sitz. Die Accessoires, Handtasche und Schuhe, teure Designerstücke. Goldschmuck an den Ohren, sonst nichts. Wollte man von der Wahl dieses Outfits Rückschlüsse auf Charakter und Mentalität der Trägerin ziehen, so kam man wohl zu der Erkenntnis, dass Contenance im Leben dieser Frau keine unwichtige Rolle spielte. Die Goldknöpfe des Jacketts, von oben bis unten korrekt zugeknöpft, legten diesen Gedanken nahe. Wie eine Uniform, ein Schutzpanzer gegen jede Art von Konfrontation, so wirkte dieses Kleidungsstück. Der Inhalt war durchaus ansprechend, wenn auch nicht mehr jung. Eine zierliche Frau mit weiblicher Ausstrahlung, welche die Mitte des Lebens bereits überschritten hatte. Selbstbewusst, unnahbar. So der äußere Eindruck. Aber man konnte sich auch irren.

Nach einer Weile nahm sie ein Buch aus ihrer Handtasche, blätterte kurz darin, etwas fahrig, nicht etwa darauf bedacht, sich mit dem Inhalt zu beschäftigen. Sie drehte und wendete es, blickte wieder zum Fenster hinaus. War sie in Gedanken weit weg und das Buch drohte ihr zu entgleiten, konnte man einen Blick auf den Titel werfen: „Ludwig Wittgenstein – philosophische Untersuchungen". Ihre Finger hielten das Buch umklammert, öffneten sich in Abständen und drückten dann unter Anspannung der Mundpartie so heftig zu, als wollten sie den Inhalt zwischen den Buchdeckeln zerquetschen. Zeugen dieses Vorgang konnten den Eindruck gewinnen, in ihrem Kopf spielte sich etwas ab, eine Szene jenseits der aktuellen Realität, und das Buch war nur Mittel zum Zweck, den Emotionen Ausdruck zu verleihen, die dieses Kopfkino in ihr wach rief. Nahm die Szene an Dramatik zu, massierte und knetete sie das Buch regelrecht mit ihren Fingern, um es dann kurz auf ihrem Schoß abzulegen, dann erneut zu ergreifen und mit noch mehr Intensität zu bearbeiten. Sie tat es scheinbar unbewusst, ohne darauf zu achten, ob dieses Gebaren von anderen Fahrgästen wahrgenommen und kritisch beurteilt werden würde. Der Gegenstand in ihrer Hand war ihr offensichtlich Halt und Stütze in einer angespannten Situation, die sie auf andere Weise nicht lösen konnte. Jedes Mal, wenn sie das Buch umklammerte und fest zudrückte, schoss ihr das Blut ins Gesicht, die Wangen röteten sich, die Nasenflügel bebten, bis sich nach wenigen Sekunden die ursprüngliche Blässe wieder einstellte.

III

Ein Mann, zwei Sitzreihen weiter in Fahrtrichtung, beobachtete die Frau, seitdem sie vor zwanzig Minuten zugestiegen war. Sie gehörte zu den Personen, die im Nu sämtliche Blicke auf sich lenkten, sobald sie einen Raum betraten. Von seinem Platz aus war es leicht, sie zu betrachten, zunächst etwas verstohlen, um die Regel der Diskretion nicht zu missachten. „Außergewöhnliche Frau", ging es ihm durch den Kopf. „Wie alt mag sie wohl sein? Fünfzig? Fünfundfünfzig? Schwer zu schätzen. Aparter Typ mit individueller Ausstrahlung, Sieht man nicht alle Tage." Doch dann stutzte er. Sein Blick fiel auf die Hände. Irgendwie passten sie nicht ins Bild. Durch die Beschäftigung mit dem Buch waren sie demonstrativ zur Schau gestellt. Hände, an denen die Zeit nicht spurlos vorübergegangen war, von Arbeit oder äußeren Einflüssen geprägt, vielleicht einem handwerklichen Beruf, der den Alterungsprozess beschleunigt hatte. Raue Hände, die Oberfläche gerötet, an manchen Stellen vernarbt. Merkwürdig. Wie kam diese gut aussehende, gepflegte Frau zu diesen Händen? War sie eine Künstlerin? Ein befreundeter Bildhauer, bei dem Materialien wie Holz oder Metall den Einsatz der Hände erforderten, hatte ebenfalls deutlich sichtbare Spuren. Aber diese Frau? Sah sie wie eine Künstlerin aus? Dazu war sie seines Erachtens zu korrekt, vor allem zu angepasst gekleidet. So wie sie dasaß, stocksteif, mit übereinander geschlagenen Beinen, brachte sie nicht die Lockerheit und Lässigkeit zum Ausdruck, die man Menschen kreativer Denkart zuschrieb. Nein, derartige Wesenszüge waren bei dieser Frau auch nicht andeutungsweise präsent.

Während er von seinem Platz aus die Person weiterhin ins Visier nahm, legte diese das Buch kurz auf den Schoß und fing an, beide Handflächen gegeneinander zu reiben. Lange, schmale Hände waren zu erkennen, deren Adern deutlich hervortraten. Und noch etwas fiel auf. An ihrem linken Zeigefinger fehlte die Fingerkuppe. Vielleicht ein Unfall mit einem Arbeitsgerät, das nicht in Frauenhände gehörte? Oder ein folgenschweres Missgeschick beim Bedienen der Brotschneidemaschine? Sollte ab und zu vorkommen. Glücklicherweise betraf es die linke, nicht die rechte Hand. Vorausgesetzt, dass sie Rechtshänderin war. So konstatierte der Mann und konnte seinen Blick nicht von ihr lassen. Immer wieder richteten sich die Augen auf diese Hände, die nicht, wie bei Damen fortgeschrittenen Alters üblich, mit Schmuck und anderen Auffälligkeiten wie Nagellack dekoriert waren. Ganz im Gegensatz zu dem sorgfältig geschminkten Gesicht, das so gut wie keine Altersspuren aufwies.

Der Mann war in höchstem Maße irritiert. Nicht nur durch das Rätsel, das diese Hände ihm aufgaben. Seit der Anwesenheit der Frau im Abteil befand er sich in einem Zustand emotionalen Aufruhrs. Was er hier und jetzt erlebte, konnte eigentlich gar nicht sein. Es wäre zumindest sehr unwahrscheinlich. Ein kurzer Griff an die Nase. Nein, er hatte keine Halluzinationen. Also dann war es vielleicht doch ... Moment! Keine voreiligen Schlüsse! Aber warum sollte es nicht so sein? Nichts ist unmöglich. Schon gar nicht auf einer Reise in einem Zug. Die Gedanken schossen ihm nur so durch den Kopf, brachten Erinnerungen zum Vorschein, die in einer der untersten Schubladen der Vergangenheit abgelegt waren. Was hier und jetzt passierte, kam ihm vor wie ein Traum, mysteriös und dennoch real, fast wie ein Wunder. Oder war es Fügung? Man konnte daran glauben oder nicht, das Leben erschien ihm oft wie ein Buch, in dem jedes Kapitel geschrieben war. Gerade jetzt fand er sich wieder in seiner Überzeugung bestätigt. Ein unbestimmtes Gefühl sagte ihm, es könnte etwas passieren. Etwas, was sein Leben verändern würde. Und dann? Ja dann ... Dann könnte eine neue Seite aufgeschlagen werden.

Er hatte noch nie an Zufälle geglaubt. Auch bei den merkwürdigsten Ereignissen, die ihm im Leben widerfahren waren, konnte man einen tieferen Sinn erkennen, manchmal erst nach längerem zeitlichen Abstand. Obwohl er sich für einen rational denkenden Menschen hielt, wusste er aus Erfahrung, es gab Situationen, bei denen es nicht mit rechten Dingen zuging. Situationen, die so kurios waren, dass man zu dem Schluss kam, das Schicksal musste seine Hand im Spiel gehabt haben. Wie hätte man es auch sonst erklären können, dass ausgerechnet auf einer Fahrt von Hamburg nach Zürich im gleichen Abteil, zwei Sitzreihen entfernt, eine weibliche, ihm wohlvertraute Person saß. Eine Frau, die ihm früher viel bedeutet, der er lange nachgetrauert hatte. Die ihm bedauerlicherweise abhanden gekommen war, obwohl er sie gerne wiedergesehen hätte. Cosima Lilienfels. Seine Jugendliebe.

Etwa fünfzig Minuten hatte er bereits Gelegenheit gehabt, sie zu beobachten. War sie es wirklich? Was machte ihn so sicher? Eigentlich nur sein Instinkt. Er konnte durch ihre Fassade hindurchblicken und das Mädchen dahinter entdecken, mit der er als Neunzehnjähriger eine längere Liaison hatte. Eine Liaison, die sein Leben nachhaltig beeinflusst hatte.

Nicht, dass sie damals über das Stadium der Verliebtheit hinausgekommen wären. Was ihn betraf, so war es zunächst nur tiefe Sympathie und Bewunderung gewesen, die ihn bei so mancher Begegnung in einen noch nie erlebten Rauschzustand versetzt hatte. Keine oberflächliche Schwärmerei, sondern absolute Hingabe an ein Mädchen, das er mit einem Gefühl der Verklärung wahrgenommen hatte. Es hatte ihn mit Stolz und Genugtuung erfüllt, eine Trophäe erobert zu haben, die eigentlich nicht in sein Beuteschema passte. Ein Mädchen, das so ganz anders war und in keiner Weise der Norm entsprach. Auf fast allen Gebieten war sie ihm überlegen gewesen. Und er war sich wie ein dummer Junge vorgekommen, letztlich auch der Grund, weshalb es bei einer harmlosen Jugendfreundschaft geblieben war.

Bei Cosima war es tiefer gegangen, das hatte er gespürt. Aber sie war scheu wie ein Reh, hätte sich nie getraut, Gefühle zu zeigen. Schüchtern, ängstlich, beinahe verklemmt, zog sie sich immer schnell zurück, wenn er einen Vorstoß wagte. Keines dieser Mädchen gleichen Alters, die mit ihren Reizen kokettierten und ihre Verführungskunst mit Erfolg bei ihm einsetzten. Wenn er sich recht erinnerte, war sie zwei Jahre jünger als er und auf dem Gebiet der Erotik ein unbeschriebenes Blatt. Ein paar harmlose Zärtlichkeiten, keine Intimität.

48 Jahre waren seither vergangen. Vergessen hatte er sie nie. Sich oft gefragt, was aus ihr wohl geworden war. Aber die Mühe, nach ihr zu suchen, wäre ihm nicht in den Sinn gekommen. Ein Fehler, wie er sich später eingestehen musste. Immer wieder tauchte ihr Gesicht auf, wenn er die Erinnerungen an die Jugendzeit Revue passieren ließ. Rückblickend betrachtet, erschien sie ihm wie ein Juwel in einer Sammlung von Halbedelsteinen, dem er nicht die gebührende Aufmerksamkeit geschenkt hatte. Und er hatte viele Affären gehabt im Laufe seines Lebens. Eine Frau wie Cosima Lilienfels war ihm nie mehr begegnet.

Nun hatte das Schicksal, aus welchen Gründen auch immer, sie nach einer langen Zeit der Trennung aus verschiedenen Richtungen wieder zusammengeführt. Ausgerechnet auf einer Reise mit dem gleichen Ziel kreuzten sich ihre Wege. Eine Reise in einem Intercity, den plötzlich ein Hauch von Romantik umgab.

Sollte er aufstehen und zu ihr gehen? Sich vorstellen? Sie hatte ihn bisher noch keines Blickes gewürdigt, ihn mehr oder weniger ignoriert. Schaute sie deshalb so angestrengt aus dem Fenster, um Blickkontakt zu vermeiden? Der Mann zögerte, schwankte zwischen Vernunft und dem inneren Drang, dem Rätselraten durch Spontanität ein Ende zu bereiten. Zeitvergeudung war noch nie seine Sache gewesen. Im Sternzeichen „Widder" geboren, drängte es ihn nach Aufklärung. Widder-Männer waren von Natur aus ungestüm und schritten ohne Umschweife zur Tat. Also – was gab es zu überlegen?

Der Mann erhob sich, um im selben Moment wieder Platz zu nehmen. Nein, er musste sein Temperament zügeln. Ein Schnellschuss wäre mit Sicherheit ein Fehler, zumindest sehr undiplomatisch. Wenn er sich recht erinnerte, war er damals der Auslöser für eine heftige Reaktion gewesen, die in der Beziehung zu einem unschönen Abgang geführt hatte. Die Entgleisungen waren sicher längst vergessen und verziehen. Vielleicht aber auch nicht. Gut denkbar, dass die Dame nachtragend und immer noch auf ihn sauer war, obwohl das Rad der Zeit sich weitergedreht hatte.

Falls sie also zu dieser Gruppe gehörte, was nicht auszuschließen war, konnte der Vorfall in ihrem Erinnerungsvermögen nach wie vor eine Rolle spielen. Wie auch so vieles andere, was zu einem negativen Bild seiner Person geführt haben mochte. Er konnte es ihr grundsätzlich nicht verübeln. Ja, er war in jungen Jahren ein Herzensbrecher gewesen. Ein Draufgänger, der im

Umgang mit dem weiblichen Geschlecht nicht immer die Spielregeln einhielt. Nein, er hatte nichts anbrennen lassen. Aber auch gar nichts. Musste er deshalb an den Pranger gestellt werden? Als Täter, der eine Straftat begangen hatte? Tatsache war, die Herzen waren ihm nur so zugeflogen. Er hatte Chancen gehabt, mehr als genug, und diesen Vorteil schamlos ausgenutzt. Zweifellos auch viel Porzellan zerschlagen. Aber war es nicht genau diese Wirkung auf das andere Geschlecht, die ihn so unwiderstehlich machte? Diese Ausstrahlung, die jedes Mädchen, auch Cosima, schwach werden ließ? Hätte sie sich mit ihm eingelassen, wenn es nicht so gewesen wäre? Ja, er hatte die Freundinnen gewechselt wie das Hemd. Aber ihm deshalb einen Vorwurf machen? Er konnte sich nun einmal nicht mit allen Fasern seines Herzens auf eine einzige einlassen. Es war das Vorrecht der Jugend, die Welt kennenzulernen, auch in diesem Bereich. Zugegeben, er war ein Filou, die Verkörperung von Sturm und Drang. Aber es wäre unfair, ihn deshalb alleine zur Rechenschaft zu ziehen.

Das Studium der Rechtswissenschaften war es gewesen, das ihn in anderes Fahrwasser gebracht hatte. Nicht, dass es ihn dazu gedrängt hätte, Jurist zu werden. Die Materie hatte ihn nie sonderlich interessiert. Aber der Vater, Richter an einem Landgericht, erwartete, dass der Sohn in seine Fußstapfen trat. Schon deshalb, weil die Experimente auf anderen Gebieten gescheitert waren. So kam es, dass nach anfänglicher Rebellion er sich dem Druck der Familie gebeugt hatte, die Tradition fortzusetzen. Und er hatte es nicht bereut, einen brillanten Studienabschluss hingelegt und in kurzer Zeit promoviert. Unmittelbar danach war er in eine Anwaltskanzlei in der Nähe von Hamburg eingetreten und hatte sich als Spezialist für internationales Kartellrecht schon bald einen Namen gemacht. Sein Sachverstand und seine Eloquenz waren auch das Sprungbrett für eine journalistische Laufbahn gewesen, die es ihm ermöglichte, ab und zu als juristischer Berater für einen privaten Fernsehkanal tätig zu sein. Darüberhinaus war er ein gefragter Redner, der zu Vorträgen im In-und Ausland regelmäßig eingeladen wurde. Eine Aufgabe, von der er auch im Rentenalter profitieren würde. Ja, er war mit dem Verlauf seines Lebens zufrieden. Er konnte sich nicht beklagen. Alles war gut gelaufen.

IV

Seine Gedanken konzentrierten sich wieder auf sein Gegenüber. Knapp zwei Meter von ihm entfernt, wie aus einer fernen Welt herbeigezaubert, so saß sie da. Cosima, Cosima Lilienfels. Es wäre leicht, sie anzusprechen. Aber das hatte er bereits ausgeschlossen. Was dann? Wie sollte er vorgehen? Welche Strategie führte zum Erfolg? Seine Berufserfahrung hatte ihn gelehrt, in ungeklärten Fällen einen kühlen Kopf zu bewahren und erst nach Prüfung aller Fakten und eindeutiger Beweislage eine Entscheidung zu treffen. Mit dieser Devise war er stets gut gefahren. Doch im vorliegenden Fall half sie ihm nicht weiter. Die Beweislage? War sie denn so eindeutig? Alles war Spekulation. Er hatte ein todsicheres Gefühl, aber das war es auch schon. Gefühle können täuschen.

„Eine Verwechslung, mein Herr", würde sie sagen. „Ich muss Ihnen die Illusion rauben. Nehmen Sie zur Kenntnis, ich bin nicht die Person, für die Sie mich halten. Kein Problem, das kann vorkommen."

Und er würde sich entschuldigen müssen. „Tut mir leid, gnädige Frau, ich wollte Sie nicht belästigen. Ich wünsche Ihnen noch eine angenehme Reise.

Aus der Traum. Dieses prickelnde Gefühl, das er momentan erleben durfte, die Spannung, die ständig zunahm und die er wie ein Schuljunge genoss, alles vorbei. Mit Überrumpelungstaktik würde er nicht punkten. Er durfte die Frau nicht mit seiner Ungeduld konfrontieren. Einfach den Dingen ihre eigene Entwicklung lassen, nichts forcieren. Irgendwann war er da, der geeignete Moment. „Alles ist Austragen und dann Gebären", dachte er für sich in Anlehnung an ein Gedicht von Rilke. Seine Gesichtszüge entspannten sich.

Die Frau wirkte nervös. Ihre Mimik verriet, dass sie in ihrem Hirn ein Problem wälzte und krampfhaft nach einer Lösung suchte. Von ihr würde aller Wahrscheinlichkeit nach keine Initiative ausgehen. Dieses Zaudern, die mangelnde Unentschlossenheit passte genau zu dem Bild, das er von Cosima hatte.

Er konnte sich noch sehr gut an sie erinnern. Ein äußerst schüchternes Mädchen war sie gewesen, hochsensibel, introvertiert, fast verträumt. Ihre ganze Liebe galt der Musik. Sie besaß eine zarte, lyrische Sopranstimme, spielte Klavier und Querflöte. Im Schulorchester waren sie sich zum ersten Mal begegnet. Dass er bei ihr landete, hatte er dem Geigenspiel zu verdanken, das er auf Wunsch seiner Mutter, wenn auch mühsam, erlernt hatte. Bei einer Probe für ein Benefizkonzert der Schule hatte er Cosima zum ersten Mal als Solistin erleben dürfen. Sie spielte die A-Dur-Sonate von Mozart mit einer Virtuosität, die ihn beeindruckte. Ihre Finger glitten über die Tasten des Instruments mit einer Leichtigkeit, als wären sie ferngesteuert. Das lange, blonde Haar, zum Pferdeschwanz gebunden, geriet schwungvoll in Bewegung, wenn sie im Einklang mit der Musik temperamentvoll in die Tasten griff und dem Marsch „Alla Turca" Ausdruck verlieh, um dann in einem der nachfolgenden Stücke, der „Träumerei" von Schumann, vollkommen entrückt den Kopf nach unten zu senken, wenn das Pianissimo der Noten absolute Hingabe erforderte. Sich dem Reiz dieses Mädchens zu entziehen, war unmöglich. Sie kam ihm vor wie aus einer anderen Welt. Mit ihrer Musikalität, ihrer natürlichen Ausstrahlung, der Aura, die sie umgab, zog sie ihn vollkommen in ihren Bann.

Langsam, sehr langsam waren sie sich näher gekommen. Es war ihm gelungen, sie zu überreden, gemeinsam mit ihm zu musizieren. Auch wenn es für ihn nur ein Vorwand war und er sich eigentlich schämte, mit seinem durchschnittlichen Geigenspiel ihr imponieren zu wollen. Jeden Nachmittag, wochenlang, hatte er sie zu Hause besucht. Er genoss es, sie beim Klavierspiel zu betrachten, sie körperlich zu spüren, ihren mädchenhaften Duft einzuatmen. Manchmal ließ er sich dazu hinreißen, sie einfach an sich zu ziehen, um mit seinen Fingern durch ihr blondes Haar zu fahren. Mehr ließ sie nicht zu.

Alles verlief sehr harmonisch. Sie hatte noch andere musische Interessen, liebte Literatur, vor allem Poesie, Gedichte von Rilke und Hesse, den romantischen Ausdruck, wie es ihrem Wesen entsprach. So kam es, dass er irgendwann selbst zur Feder griff und Texte in Versform verfasste, die er ihr bei jeder Gelegenheit zusteckte, mal in das Notenheft oder, etwas mutiger, in den Ausschnitt ihrer Bluse. Er steigerte sich in diese lyrische Leidenschaft zunehmend hinein, die ihn viel Zeit kostete und dazu führte, dass er die schulischen Pflichten mehr und mehr vernachlässigte. Cosima antwortete ebenso poetisch, und so ging es eine Weile zwischen ihnen hin und her, bis die Geschichte eines Tages abrupt endete.

Wenn er Cosima etwas zu verdanken hatte, so war es dieses Schreibtalent, das sie in ihm geweckt hatte. Ohne sie hätte es vielleicht ein Leben lang im Verborgenen geblüht, aber niemals diese Dimension erreicht, die sein Dasein bereicherte. Sie war seine Muse, sie hatte ihn dazu inspiriert, dieser emotionalen Seite in ihm, die er bisher nicht gekannt hatte, mehr Aufmerksamkeit zu widmen. Sie war es auch, die ihn dazu motiviert hatte, zunächst Literaturwissenschaften zu studieren, was er aber nicht konsequent genug verfolgt und eines Tages wieder abgebrochen hatte. Der Dichtkunst war er dennoch treu geblieben. Wenn es die Zeit erlaubte, hatte er zur Feder gegriffen, und das Ergebnis konnte sich sehen lassen. Immerhin zwölf Romane, darunter vier Krimis, einige lyrische Bände und zahlreiche Erzählungen, die noch auf ihre Veröffentlichung warteten. Bedauerlicherweise war es ihm nicht vergönnt gewesen, ein schriftstellerisches Niveau zu erreichen, von dem er hätte leben können. Es war bei einer lustvollen, jedoch hobbymäßigen Beschäftigung geblieben, die er als Ausgleich zu seiner juristischen Tätigkeit fast wie Therapie empfand.

Irgendwann, nach circa einem dreiviertel Jahr, hatten sie sich getrennt. Cosima war es gewesen, die ihm den Laufpass gegeben hatte. Einen Anlass dafür gab es auch. Er hatte nur spekulieren können, wahrscheinlich ein kleiner Seitensprung, dem er keine große Bedeutung beigemessen hatte. Für sie offensichtlich ein Drama. Es gab eine kurze Diskussion, relativ harmlos, kein Streit. Kurz und bündig hatte sie ihm mitgeteilt, in Zukunft keine Zeit mehr mit ihm verbringen und auch keine Gedichte mehr empfangen zu wollen. Die Sache hätte sich für sie erledigt. Sie empfinde nichts mehr für ihn. Also keine Besuche mehr, kein gemeinsames Musizieren. Alles im Leben hätte seine Zeit. Man müsse rechtzeitig den Absprung schaffen, und so weiter und so fort.

Er hatte es akzeptiert und daraufhin nicht mehr ihre Nähe gesucht. Im Schulorchester waren sie sich ab und zu nochmals begegnet. Sie sprachen sehr distanziert miteinander. Zweisamkeit ließ sie nicht mehr zu. Anfänglich hatte er sehr darunter gelitten, aber er war nicht der Typ, der einer Beziehung lange nachtrauerte. Er hatte sich mit Ilona getröstet, einem Mädchen, das für ihn das genaue Gegenteil war, affektiert, extrovertiert. Insge-

heim hatte er gehofft, bei Cosima Gefühle der Eifersucht hervor-
rufen zu können, aber sie zeigte keine Reaktion. Manchmal hatte er den Eindruck, dass sie ihn einfach übersah. Das hatte ihn
gewurmt, bis er dazu übergegangen war, den Anschein zu erwecken, als ob auch sie für ihn Luft war.

Nachdem er sein Abitur in der Tasche hatte, war er zu einem
längeren Auslandsaufenthalt aufgebrochen. Weit weg von zu
Hause sich den Wind um die Nase wehen zu lassen und seinem
Freiheitsdrang Rechnung zu tragen, war ein lang gehegter
Wunsch. Nach langen Diskussionen mit den Eltern, die sich anfänglich quer stellten und ihre Zustimmung verweigerten, war er
kurz entschlossen nach Spanien gegangen, ein Jahr später nach
Schottland, um neben der Studientätigkeit auch seine Fremd-
sprachenkenntnisse aufzupolieren. Von Cosima hatte er nie
mehr etwas gehört. Damals war er überzeugt, ihren Namen eines Tages auf Konzertplakaten lesen zu können. Er hatte ihr
eine große Karriere zugetraut. „Ohne Musik ist das Leben für
mich nicht zu ertragen", hatte sie einmal zu ihm gesagt. „Nur
wenn ich Klavier spiele, lebe ich." Erst viel später hatte er verstanden, was sie damit gemeint hatte. Die Fähigkeit, sich in andere Menschen hineinversetzen zu können, war ihm, zumindest
damals, nicht gegeben.

Er riskierte wieder einen Blick. Sie schaute melancholisch mit
unbewegtem Gesicht zum Fenster hinaus. Hatte sie ihre Leidenschaft, die für sie Lebensinhalt war, verwirklichen können? Sie
sah nicht aus wie eine erfolgreiche Pianistin, die mit ihrem Talent
das Feedback erzielte, aus dem sie Energie und Lebensfreude
schöpfte. Schon gar nicht wie ein Mensch, der Tag für Tag vollkommen im Einklang mit sich selbst sich seinen Neigungen hingab, der absolut glücklich und zufrieden war, weil er seinen Lebensinhalt zu seiner Passion machen konnte. Schon eher wie
eine Person, der dies alles nicht vergönnt war. Hatte ihr das
Schicksal einen Strich durch die Rechnung gemacht? Der Mann

starrte wieder auf ihre Hände. Sie erzählten eine ihm unbekannte Geschichte. Eine Geschichte, die er gerne erfahren würde.

V

Um Zeit zu gewinnen und sein Gedankendickicht zu ordnen, ging er auf die Zugtoilette. Im Spiegel sah er die Anspannung in seinem Gesicht. Mein Gott! Er war gealtert. Das machte es doppelt schwer, ganz unkompliziert auf sie zuzugehen. Wie konnte er annehmen, dass sie ihn wiedererkennen würde? Nicht im entferntesten war er mehr der Mensch, der er einmal gewesen war. In jeder Beziehung. Das einst volle, lockige Haar grau und schütter. Ein buschiger Schnurrbart über der Oberlippe. Seine Lebensgefährtin hatte ihm diesen vor Jahren verordnet. Dabei war es geblieben. Das sonnengebräunte Gesicht von Falten überzogen. Unter den Augen Tränensäcke, die er immer mehr hasste. Vor zwei Jahren wollte er sie durch einen chirurgischen Eingriff beseitigen lassen. Doch es war nicht dazu gekommen. Ein Oberschenkelhalsbruch setzte ihn nach einem Skiunfall außer Gefecht. Dadurch hatten sich die Prioritäten verschoben. Er konnte wieder einigermaßen schmerzfrei laufen, aber ein leichtes Hinken war geblieben. Auch das wollte er im Laufe der Zeit durch Disziplin und eisernes Muskelaufbautraining wieder in den Griff bekommen. Figürlich hatte er sich nicht verändert. Konsequentes Bodybuilding hatte ihm schon in jungen Jahren einen athletischen Körper beschert. Den hatte er sich durch Sport und Bewegung erhalten und damit den ihm verhassten Bauchansatz verhindert. Das ließ ihn mindestens zehn Jahre jünger erscheinen, wie ihm häufig von anderer Seite versichert wurde, Er müsste lügen, würde er behaupten, diese Komplimente würden ihm nicht schmeicheln. Im Gegenteil, mit zunehmendem Alter genoss er sie immer mehr. Auch dass man ihn mit Gregory Peck, dem Hollywoodschauspieler verglich, empfand er als

Kompliment. Groß, schlank, athletisch, kam bei Frauen gut an. Auch heute noch.

Während er sich die Hände wusch, ging ihm alles Mögliche durch den Kopf. Wie sollte er vorgehen? Wie kam er an die Frau heran? Vorpreschen, mit der Tür ins Haus fallen, das würde aller Wahrscheinlichkeit nach schief gehen. Ihre Fahrkarte ging ebenfalls bis Zürich, dann allerdings noch ein Stück weiter. Das hatte er gehört, als sie den Zugbegleiter wegen der Verspätung nach einem Anschlusszug fragte. Es war also noch Zeit.

Der Mann spielte die Situation in Gedanken durch. Er würde die Frau eine Zeitlang intensiver betrachten, ihr ab und zu zulächeln, wenn sich ihre Blicke kreuzten, nicht übertrieben, um nicht aufdringlich zu wirken, keinesfalls sie mit Blicken durchbohren. Er wollte ein Verhalten an den Tag legen zwischen freundlicher Zurückhaltung und zunehmendem Interesse, das ihr seine Bereitschaft signalisierte, sie näher kennenlernen zu wollen. Einfach so tun, als wären sie zwei Fremde, die das Schicksal zufällig in diesem Abteil gegenüber platziert hatte. Er würde diese Taktik konsequent fortsetzen, bis sie nicht anders konnte als zu fragen: „Entschuldigen Sie, mein Herr, kennen wir uns?" Und er würde seinen Charme in die Waagschale werfen und antworten: „Schon möglich". Dann würde er sich ein Herz fassen, den Platz wechseln und sich zu ihr hinbegeben. Er würde ihr in die Augen blicken, die wunderbaren graugrünen Augen, ihr seine Visitenkarte überreichen, und wenn er Glück hatte ... Warum sollte er kein Glück haben? War er in ähnlichen Situationen schon einmal abgewiesen worden? Nicht, dass er wüsste ... Kein Grund also, von vornherein zu resignieren. Es käme auf ein Versuch an. Vielleicht war sie eine ganz normale Frau und würde sich auch wie eine solche benehmen. Nach dieser langen Zeitspanne, in der so viel Wasser die Elbe hinunter geflossen war, wäre es nur logisch, die Vergangenheit ruhen zu lassen. Wahrscheinlich lag er in dieser Annahme nicht verkehrt. Im Geiste sah er sie vor sich.

Sie würde einen Moment überlegen, kurz die Stirn runzeln, als ob sie lange ihr Gehirn strapazieren müsste. Dann, nach einer langen Minute des Grübelns, würde sich ihre Mimik erhellen und die Anspannung mit den Worten lösen: „Kurt! Kurt Brandstätter! Nein! Bist du es wirklich? Ich fasse es nicht! Welche Überraschung!" Und sie würden sich in den Armen liegen und, vielleicht sogar eine Träne vergießen ...

Der Mann betrachtete sich nochmals im Spiegel. „Wunschdenken, Hirngespinste, total absurd. Wie in einem Dreigroschenroman. Kurt Brandstätter, vergiss nicht, du bist ein alter Mann." Nein, er wollte die Visitenkarte nicht überreichen, lieber weiterhin in der Rolle des Unbekannten verharren und unter irgendeinem Vorwand mit ihr Kontakt aufnehmen. Welcher Vorwand das sein könnte, das war ihm noch ein Rätsel. Kommt Zeit, kommt Rat. Entschlossen band er sich den Krawattenknoten fester, knöpfte sein Jackett zu und ging wieder nach draußen.

VI

Ihr Platz war leer. Ein Blick nach oben. Der Koffer befand sich in der Gepäckablage. Folglich war sie noch da. Auf den freien Plätzen am Vierertisch hatte ein Ehepaar sich niedergelassen. Man wollte in Fahrtrichtung sitzen. Thermosflasche auf dem Tisch, eingepackte Brote, Obst. Die Herrschaften hatten alles dabei. Der Kaffee dampfte, gesprochen wurde nichts.

„Szenen einer langjährigen Ehe", konstatierte der Mann und betrachtete die beiden amüsiert. „Alles ist gesagt. Was gibt es noch zu reden?" Und wie sich die beiden ähnelten! Wie ein Ei dem anderen. Das graue Haar gekräuselt und schütter, beige Jacke, beige Hose, beige Schuhe ... Wer war eigentlich der Mann?

Nicht alle Paare nahmen nach fünfzig Jahren Ehe die Identität des Partners an. Aber in diesem Fall war es so. Man aß auch im Gleichklang, was zwei Sitzreihen weiter noch zu hören war. Stumm starrte man zum Fenster hinaus, mal nach links in die eine Richtung, mal nach rechts in die andere. Dort gab es noch weniger zu sehen, also schnellten die Köpfe wieder nach links, immer die Hand am Becher, um den Kaffee zu schlürfen.

„Kein Sterbenswörtchen", dachte der Mann. „Ob sie das Reden verlernt haben?" Stocksteif und zufrieden saß das Ehepaar auf seinem Platz und aß. Der Mann verfolgte die Aktivität mit zunehmendem Interesse. Die beiden könnten Vorlage für einen seiner nächsten Romanhandlungen werden. „Im Nichtrednerabteil" könnte der Titel lauten.

Unvermittelt bewegten sich die beiden. Joghurtbecher wanderten auf den Tisch. Der Gatte bekam Himbeerjoghurt, scheinbar seine Lieblingssorte. Er löffelte es mit Akkuratesse, die kein Tröpfchen im Becher übrig ließ. Seine Ehefrau nickte ihm zu, er nickte zurück. Worte? Die brauchte es nicht. Sie hätten nur gestört.

„Reden ist Silber, Schweigen ist Gold", resümierte der Mann und schmunzelte, als die Frau zwei Müsliriegel aus der Tasche zauberte. Der Arm des Mannes schnellte gierig nach vorne. Eigentlich überflüssig, der Riegel war ihm ohnehin zugedacht. Er verdrückte ihn mit dankbarem Augenaufschlag. Als Gegenleistung erhielt er einen liebevollen Klaps auf die Hand. Die Wangen der Frau glänzten, der Mund folgte dem Befehl der Kauwerkzeuge. Er diente der Nahrungsaufnahme, nicht dem Reden. Wortlos verstaute die Frau die Thermoskanne in ihrer Tasche. Danach präsentierte sie eine Auswahl vegetarischer Beilagen zu den dicken Wurstbroten: Apfelschnitze, Karottenstückchen, Gurkenscheiben, alles mundgerecht geschnitten. Vielleicht wollte der

Mann ja noch zugreifen, die Fahrt zog sich hin. Mit auffordernder Geste deutete sie auf das Mitgebrachte. Der Mann zuckte mit den Schultern. Er war noch unschlüssig, aber der Appetit kam bekanntlich beim Essen.

„Später", sagte er und musste schon kurz darauf niesen.

„Gut", antwortete die Frau.

„Jetzt haben sie zum ersten Mal gesprochen", dachte der Mann. „Hoffentlich sind sie heute Abend nicht heiser."

Nach einer Weile setzte die Frau ihre Brille auf, holte einen Stift aus der Handtasche, dazu mehrere Zeitschriften, die sie eifrig durchblätterte. Kreuzworträtsel! Ja genau! Jetzt ging es an die geistige Arbeit. Sie reichte dem Mann ein Heft, doch der schüttelte den Kopf. Er wollte keine Kreuzworträtsel lösen, er wollte die Aussicht genießen. Das brauchte er eigentlich nicht zu sagen, die Frau wusste es ohnehin. Dennoch reagierte sie mit Unverständnis. Sie zog die Augenbrauen in die Höhe und verzog den Mund zu einer abfälligen Grimasse. Das sagte alles. Der Ehemann ignorierte demonstrativ den weiblichen Tadel und blickte angestrengt zum Fenster hinaus, mal links, dann rechts, und wieder links.

„Ob sie sich noch lieben?" fragte sich der Mann, der immer noch wie gebannt die Vorgänge am Tisch verfolgte. „Jedenfalls sind sie ein eingespieltes Team, das sich auch ohne Worte versteht. Die Ehefrau hat offensichtlich das Kommando übernommen. Na ja, einer muss es ja tun. Für Nachahmung wahrscheinlich nicht zu empfehlen."

Nach ein paar Minuten fielen dem Ehepaar die Augen zu, ziemlich im gleichen Moment. Die Hände gefaltet, so waren sie zur Seite gekippt. Der schwere Kopf wanderte nach unten, baumelte dann leicht hin und her, bis ein leichter schnarchender Ton aus der Kehle der Frau signalisierte, dass das verdiente Mittagsschläfchen nach dem Essen eingetreten war.

Der Mann nahm eine Zeitung zur Hand. Nicht unbedingt, um darin zu lesen. Die Unterhaltung und Ablenkung, die das Ehepaar für einige Zeit gewährleistete, hatte sich erledigt. Ab und zu warf er noch einen Blick hinüber. Nun hatte sich auch der Mann, sehr zum Amüsement der Mitreisenden, in das Schnarchkonzert eingereiht. Schulter an Schulter, eng aneinander geschmiegt, saß das Ehepaar, und wenn der Tisch nicht gewesen wäre, wären sie wohl beide vornüber gekippt. Fast schien es, als ob ihre stattlichen Köpfe nun auch eins geworden waren.

VII

Der Intercity hatte gerade einen Tunnel passiert, als die Geschwindigkeit abrupt gedrosselt wurde und der Zug sich nur noch in langsamem Tempo und mit tuckerndem Geräusch vorwärts bewegte. Eine Durchsage ließ die Fahrgäste aufhorchen: „Meine Damen und Herren, verehrte Fahrgäste! Aufgrund eines Notarzteinsatzes sind wir gezwungen, einen außerplanmäßigen Halt einzulegen. Wir werden Ihnen umgehend mitteilen, wenn wir unsere Fahrt fortsetzen können. Wir bitten um Ihr Verständnis."

Ein Murren ging durch das Abteil. Große Aufregung bei den Geschäftsreisenden. Es wurde telefoniert, nach Anschlusszügen gefragt, umterminiert. Der Zugbegleiter zuckte nur mit den Schultern. Ein Notarzteinsatz konnte dauern. Alles war ungewiss. Man würde Zürich voraussichtlich mit großer Verspätung erreichen. Falls die Fahrt überhaupt mit diesem Zug fortgesetzt werden konnte. Die Informationen flossen spärlich.

Der Zug fuhr im Schritttempo weiter und erreichte nach wenigen Kilometern einen kleinen Bahnhof, an dem bereits ein Krankenwagen wartete und einige Sanitäter sowie ein Arzt den ersten Wagen des Zuges betraten. Das Eintreffen der Polizei gab zu Spekulationen Anlass.

Nach wenigen Minuten wurde die Durchsage aktualisiert. „Meine Damen und Herren! Wir bedauern sehr, Ihnen mitteilen zu müssen, dass der Notarzteinsatz circa eine Stunde in Anspruch nehmen wird. Nachdem auch polizeiliche Ermittlungen durchgeführt werden müssen, ist es leider nicht gestattet, den Zug in dieser Zeit zu verlassen. Die beiden ersten Wagons sind gesperrt und dürfen nicht betreten werden. Wir bitten um Ihr Verständnis. Wir werden Ihnen kostenlos Getränke zur Verfügung stellen. Im Bord-Bistro erwarten Sie warme Speisen, die wir Ihnen gerne an Ihrem Sitzplatz servieren. Wir hoffen, dass Sie eine Möglichkeit finden werden, den Zwischenstopp auf angenehme Weise zu überbrücken. Wir danken Ihnen und hoffen gleichzeitig, die Fahrt in dem vorgesehenen Zeitraum fortsetzen zu können."

Die Frau, die vor mehr als zwanzig Minuten das Abteil verlassen hatte, befand sich bereits im Bord-Bistro. Sie war mehr oder weniger dorthin geflüchtet, um dem Druck zu entkommen, der im Abteil von Anbeginn auf ihr lastete. Bei einem Cappuccino und einer Zigarette spürte sie, wie die Anspannung wich, sich der Krampf in ihren Händen löste und sie die innere Ruhe wieder fand, die ihr abhanden gekommen war. Relativ gelassen nahm sie die Durchsage zur Kenntnis.

Sie hatte einen Termin. In einem Vorort von Zürich. Ein Termin, der auf den späten Abend festgesetzt war und allem Anschein nach nicht stattfinden konnte. Sie blieb dennoch ruhig und geriet nicht in Panik wie viele der Passagiere, die wütend und unbeherrscht das Zugpersonal beschimpften, weil lang vorbereitete Termine platzten oder verschoben werden mussten. Fast amüsiert nahm sie die Reaktionen der anderen zur Kenntnis, die mit hochrotem Kopf wild gestikulierend debattierten und immer mehr die Fassung verloren. Im Gegenteil, sie wirkte wie von einer inneren Last befreit, als sie ihr Handy aus der Handtasche nahm, um die nötigen Schritte zu unternehmen, den Termin für heute abzusagen und auf die kommenden Tage zu verlegen.

Lange hatte sie mit sich gerungen, ob sie ihn überhaupt wahrnehmen sollte, ihn ständig vor sich hergeschoben. Sie hatte ihn in ihren Terminkalender eingetragen, dann wieder abgesagt, drei- oder viermal, nicht sicher, ob sie die Sache wirklich durchziehen sollte. Vor einem halben Jahr hatte sie sich endgültig entschlossen, zumindest einmal den Ort des Geschehens aufzusuchen. Sie wollte ein Beratungsgespräch führen, um sich ein Bild zu machen von dem, was sie dort erwartete. Falls sie zu einem anderen Ergebnis kam, konnte sie ihren Entschluss immer noch rückgängig machen. Es entsprach nicht ihrem Wesen, Dinge dem Zufall zu überlassen, deren Unabwägbarkeiten sie irgendwann vor Probleme stellten, die sie in einer zunehmend schwierigeren Lage nicht mehr selbstbestimmt lösen konnte. So wie sie ihr früheres Leben akribisch genau geplant, jedem Tag eine Struktur gegeben hatte, so wollte sie auch jetzt verfahren und die kurze Lebenszeit, die ihr noch blieb, mit größter Sorgfalt organisieren. Ohne Familie, ohne Angehörige, blieb ihr keine andere Wahl. Momentan schien es ihr jedoch, als ob ihr Vorhaben, von dessen Richtigkeit sie grundsätzlich überzeugt war, durch einen Fingerzeig des Schicksals infrage gestellt wurde. War es nicht merkwürdig, dass sich seit Abfahrt des Zuges die Probleme nur so aneinanderreihten? In ihren Augen war es kein gutes Omen, wenn sich die Zwischenfälle vor dem Ziel wie unüberwindbare Hindernisse auftürmten und alle Planungen über den Haufen warfen. In der Nacht der Sturm, der den Flughafen lahmgelegt hatte, die Umbuchung auf den Intercity, die Verzögerung bei der Abfahrt, der bereits zweite Polizeieinsatz, die Unsicherheit, das Ziel vielleicht heute nicht mehr erreichen zu können.

„Gottes Ratschluss ist undurchschaubar", ging es ihr durch den Kopf, während sie sich zurück lehnte und einen Moment die Augen schloss. Beinahe empfand sie es als Akt der Befreiung und wunderte sich, dass das Vorhaben offensichtlich für sie eine größere Belastung darstellte, als sie es sich eingestehen wollte. Ihre Seele fühlte sich bedeutend leichter an, zumindest für den heutigen Tag. Allerdings nur, was dieses eine Problem betraf. Denn es gab noch ein zweites. Das würde nicht so schnell von ihr weichen, sich in Luft auflösen. Auch wenn der Verursacher momentan nicht in ihrer Nähe war, konnte sie es nicht vermeiden, seine Anwesenheit zu spüren. Dieser Mensch, an den sie nur die denkbar schlechtesten Erinnerungen hatte, den sie aus ihrem Leben gestrichen hatte, ihm nie mehr begegnen wollte, saß ihr plötzlich gegenüber. Sie hatte ihren Augen nicht getraut. Niemals hätte sie es für möglich gehalten, ihn eines Tages wiederzusehen. Es war das letzte, was sie gewollt hatte. Und nun war es passiert. Wie aus dem Nichts war er aufgetaucht, als wäre es ein abgekartetes Spiel, sich in diesem Zug, in diesem Leben, noch einmal über den Weg zu laufen, bevor ... Nein, es war ihr unmöglich, diesem Menschen ins Gesicht zu schauen. Was hatte sich das Schicksal dabei gedacht?

Sie hatte ihn erkannt. Auf Anhieb. Kaum dass sie ihren Platz im Großraumwagen eingenommen hatte, war ihr Blick auf ihn gefallen. Seine Existenz hatte sie getroffen wie der Blitz. Kein Zweifel, er war es. Ja, er hatte sich verändert, aber er gehörte beneidenswerterweise zu dem Kreis von Personen, an denen der Alterungsprozess zwar nicht spurlos vorübergegangen war, die aber dennoch ihre Attraktivität bewahrt hatten. Als erstes war ihr die elegante Kleidung aufgefallen, das blütenweiße Hemd, die geschmackvolle pastellfarbene Krawatte, der schwarze Anzug aus edlem Zwirn, dazu gepflegte Budapester Schuhe. Sie liebte es, wenn Männer in vorgerücktem Alter Wert auf stilvolle Kleidung legten und keinen lässigen Bequemlook bevorzugten. Dieser Mann erfüllte alle Kriterien. Seine Mimik, die Art und Weise, wie er die Augenbrauen hochzog, sich ständig, vielleicht aus Verlegenheit, an den Ohrläppchen zupfte, all das kannte sie an ihm. Gewohnheiten, die er nicht hatte ablegen können. Auch wie er mit der Zunge sich über die Lippen fuhr, wenn er konzentriert über eine Sache nachdachte. Die Grübchen in den Wangen, die ihm etwas Jungenhaftes verliehen. Und nicht zuletzt das spitzbübische Lächeln, wenn er dem weiblichen Geschlecht Avancen machte. So wie vorhin, als sie eine Kostprobe der aktuellen Variante kennenlernen durfte. Alles erinnerte sie an frühere Zeiten. Und natürlich die Hände, unverkennbar, grob und zupackend, der abgespreizte Daumen. Mein Gott, es war lange her, dass sie diese Hände zum letzten Mal gesehen, beziehungsweise gespürt hatte. Sie waren ihr durch das lange Haar geglitten, hatten sich um ihren Körper gelegt, sich langsam vorgearbeitet, bis sie in Höhe ihrer Brust angekommen waren. Der Atem hechelnd, so kurz vor dem Ziel, hatte er versucht, sie zu küssen. Sein Begehren war spürbar, es wurde immer heftiger. Sie hatte noch kurz überlegt, ob sie sich darauf einlassen sollte, aber nein, es wäre unklug gewesen, hätte mehr geschadet als genützt. Sollte er erfahren, dass sie sich als Kind mit kochendem Wasser den Oberkörper verbrüht hatte, während die Mutter nebenan das Nocturne von Chopin auf dem Klavier spielte und dabei die Schreie des Kindes überhörte, bis sie nicht mehr zu überhören waren? Sollte sie ihm diesen Schock zufügen, sein ästhetisches Empfinden herausfordern, wenn sie sich vor ihm entblößte und er ihre von Narbenwucherungen dauerhaft gezeichneten Brüste sah? Eine Beziehung aufs Spiel setzen, die noch gar nicht angefangen hatte? Hätte er diese Verletzungen gesehen, sie hätten ihn vielleicht abgestoßen, es gab genug Mädchen ohne körperliche Verunstaltungen. In ihrer Hilflosigkeit hatte sie ihn mit Worten der Zurechtweisung und unangemessenen Schimpfwörtern weggestoßen, sodass er sie nie mehr berührt hatte.

Seit mehr als vierzig Jahren war kaum ein Tag vergangen, an dem sie nicht zu irgendeiner Stunde an ihn gedacht hatte. Manchmal war es nur ein flüchtiger Gedanke, dann wiederum wurde sie, wenn Erinnerungen an frühere Zeiten aus irgendeinem Anlass an die Oberfläche kamen, so von ihm beherrscht, dass sie regelrecht in Melancholie verfiel und diesen Menschen verfluchte, der gleichzeitig ein übles Spiel mit ihr getrieben hatte.

Nun saß er also leibhaftig vor ihr und musterte sie in unverschämter Weise von Kopf bis Fuß. Penetrant und respektlos, bis zur Grenze der Peinlichkeit. Sie konnte es kaum ertragen, Zielscheibe seiner Betrachtung zu sein. Als ob er sie mit Blicken entblößen wollte, so kam es ihr vor. Sie wurde schamrot im Gesicht und wusste sich nicht anders zu helfen, als spontan ihr Jackett von oben bis unten zuzuknöpfen, eine offensive und wirksame Geste, um sich gegen diese Art von Aufdringlichkeit zur Wehr zu setzen. Gleichzeitig war sie wie paralysiert, nicht in der Lage aufzustehen und das Abteil zu wechseln, wie es vernünftig gewesen wäre.

Zum Glück hatte er das herausfordernde Verhalten bald eingestellt. Womöglich hatte er sie gar nicht erkannt, sondern es nur darauf angelegt, einen Kontakt mit ihr herzustellen und kapituliert, nachdem er bei ihr nicht auf Resonanz gestoßen war. Ihr Instinkt sagte ihr, dass sie Recht hatte. Im anderen Fall wäre er sofort aufgesprungen und hätte sich zu ihrem Platz begeben: „Na so etwas! Ist das die Möglichkeit! Wen sehe ich denn da? Cosima ... Ach, jetzt habe ich den Nachnamen vergessen. Rosenfeld? Nein, pardon! Lilienfels! Das ist ja eine Überraschung! Du hast dich überhaupt nicht verändert, nein wirklich. Du siehst großartig aus. Darf ich dich überhaupt noch duzen? Komm, lass uns ins Bord-Bistro gehen und auf unser Wiedersehen anstoßen! Das muss gefeiert werden."

So oder so ähnlich wäre es gelaufen. Er war äußerst unkompliziert im Umgang mit Menschen, kannte keine Hemmungen. Sie hatte ihn deswegen immer bewundert, mit welcher Offenheit er auf Lehrer wie Mitschüler zuging, sich kein Blatt vor den Mund nahm. Sein Charme, seine Spontanität brachten ihm von allen Seiten Sympathie entgegen. Er war der absolute Mädchenschwarm, von allen begehrt und angehimmelt. Sie dagegen das andere Extrem, von Angst und Unsicherheit regelrecht besetzt, nie ihrem Instinkt folgend. Es konnte mit ihnen nicht gut gehen. Alles hatte sie verpatzt, auch im Umgang mit ihm. Wer weiß, wie es gekommen wäre, hätte sie damals ihren Gefühlen freien Lauf gelassen.

Nein, er hatte sie nicht erkannt. Sie war sich dessen ganz sicher. Gezeichnet von Krankheit, den schwierigen Lebensumständen der letzten Jahre, von Trauer und Schmerz, der ihr ins Gesicht geschrieben stand, war es unmöglich geworden, in ihr die Person zu sehen, die sie einmal gewesen war. Hinzu kam die Chemotherapie, die sie seit Monaten auf sich nehmen musste und die massiven Haarausfall zur Folge hatte. Die Perücke war tadellos, von Echthaar nicht zu unterscheiden und entsprach in der Farbe exakt dem Original. Aschblond, gesträhnt, genau wie früher, nur nicht mehr so lang. Ein Pagenkopf, wie er aktuell in Mode war. Es war ihr wichtig gewesen, ihr Selbstbewusstsein als Frau nicht total aufgeben zu müssen, sonst wäre die Sache noch schwerer zu ertragen, als sie ohnehin war.

Fast fühlte sie sich erleichtert, dass die Unwahrscheinlichkeit des Wiedererkennens sie letztlich davor bewahrt hatte, ein zweites Mal Opfer dieses Mannes zu werden. Sollte er auf irgendeine Weise sich ihr annähern wollen, würde sie ihre wahre Identität nicht preisgeben. Der Gedanke beruhigte sie. Sie wollte mit ihm nichts mehr zu tun haben nach allem, was vorgefallen war. Nicht noch einmal alles an die Oberfläche bringen. Das würde ihr zu viel Kraft kosten. Sie hatte genug gelitten. Zwar heilte die Zeit keine Wunden. Zu diesem Schluss war sie gekommen. Aber die Dinge erschienen im Laufe der Zeit aus der Distanz heraus in einem anderen Licht und machten die Erinnerungen erträglicher. Das Studium der Philosophie und Psychoanalyse war es gewesen, das ihr ein anderes Menschenbild vermittelt hatte. Sie hatte gelernt, Fragen, auf die sie früher nur eine Antwort wusste, differenzierter zu betrachten und unter verschiedenen Blickwinkeln zu sehen. Was das Fehlverhalten dieses Menschen betraf, mittlerweile im Rentenalter, so hatte es lange gebraucht, sich aus der Opferrolle heraus auf eine andere Ebene zu begeben und ihren Frieden zu finden. Dabei sollte es bleiben.

Die Frau zündete sich eine zweite Zigarette an. Der Versuch vor einem Jahr, mit dem Rauchen aufzuhören, war gescheitert. Fünf Monate hatte sie durchgehalten, war dann aber wieder rückfällig geworden, obwohl es aus gesundheitlichen Gründen angezeigt gewesen wäre, dem Laster abzuschwören. Jahrelang war sie Kettenraucherin gewesen, was zu Herz-Kreislaufbeschwerden und einem Tumor der Bauchspeicheldrüse geführt hatte. Mit Disziplin und Willenskraft hatte sie es immerhin geschafft, den Konsum auf sechs Zigaretten pro Tag zu reduzieren. Auch rauchte sie nicht mehr filterlos, wie sie es früher bevorzugt hatte. Die Krebsdiagnose war gestellt, man machte ihr keine großen Hoffnungen. Wenn sie Glück hatte, waren es noch zwei Jahre, die sie zu leben hatte, wahrscheinlich weniger. Warum sollte sie sich die letzten Lebensmonate mit Enthaltsamkeit erschweren? Die Zigarette war für sie Halt, ein Strohhalm, an den sie sich klammerte, auch wenn er nicht stabil war. Mit jedem Zug aus der Zigarette schöpfte sie Energie. Es überkam sie eine große innere Ruhe, alles fiel von ihr ab, sie konnte durchatmen und ihre Situation besser ertragen. Ohne Zigarette war sie hilflos, zu keiner geistigen Leistung fähig, unruhig und nervös, ein Opfer ihrer Hypersensibilität.

Das Leben war nicht immer sanft mit ihr umgegangen. Sie hatte sich oft gefragt, welche Schuld sie wohl auf sich geladen hatte, so viele Schicksalsschläge ertragen zu müssen. Der schlimmste von allen wohl der Verlust der Mutter. Kurz nach ihrem zwölften Geburtstag war sie an einer unheilbaren Krankheit verstorben. Ein Ereignis, das sie für lange Zeit aus der Bahn geworfen hatte. Warum nur, warum? Diese Frage, auf die es keine Antwort gab, hinterließ eine tiefe Wunde in ihrer Seele. Ständig war sie krank gewesen, hatte die Nahrung verweigert, konnte und wollte nicht sprechen. Die Traurigkeit ging so weit, dass sie sich immer wieder selbst Schmerzen zufügte, indem sie sich mit einer Nagelschere die Haut aufritzte, dass sie blutete. Vater und Großeltern ratlos, das häusliche Umfeld aus den Fugen. Eine mitfühlende Tante, Schwester ihres Vaters, traf kurzfristig die Entscheidung, das Kind bei sich aufnehmen zu wollen. Dort, im Kreis von Vettern und Cousinen ging es langsam aufwärts. Nach einem halben Jahr konnte sie die Schule wieder besuchen und entwickelte sich im Laufe der Jahre zu einer sehr guten Schülerin.

Sorgen bereitete der Vater. Zwanzig Jahre älter als seine Frau, und von traumatischen Erlebnissen des zweiten Weltkriegs depressiv geworden, konnte sich mit dem Verlust der Ehefrau nicht arrangieren und befand sich in einem permanenten Zustand von Trauer und Schmerz, den die Tochter mehr schuldbewusst als mitfühlend wahrnahm. Ihr Zufluchtsort war das Klavier. Dorthin begab sie sich, wenn Angst und Ohnmacht des eigenen Tuns ihr das Leben schwer machten. Das Talent, scheinbar in die Wiege gelegt, war Nährstoff für die Seele und sorgte für kleine Glücksgefühle im trüben Alltag. Die Mutter, eine ehemalige Pianistin, der eine erfolgreiche Laufbahn versagt geblieben war, hatte sie schon als Dreijährige an das Klavierspiel herangeführt, zunächst spielerisch, dann mit größerem Übungsdruck. „Was ein Häkchen werden will, krümmt sich beizeiten", war ihr Leitsatz. Sie duldete keinen Widerspruch. Als gehorsames Kind fügte sie sich in diese Rolle, machte gute Fortschritte. Jeden Tag wurden mindestens zwei Stunden am Nachmittag für das Klavierspiel geopfert Es war wie ein Ritual. Der Vater saß oft im Hintergrund und hing seinen Gedanken nach. Lauschte und schwieg. Nicht selten passierte es, dass er die Augen schloss und sich einem Nicker-chen hingab. Das hatte sie stets als Missachtung ihres Vortrags gedeutet und ihm das Verhalten verübelt. Der ganze Tagesab-lauf wurde durch die Musik bestimmt, das Klavier stand nie still.

Nach dem Tod der Mutter war es ihre Aufgabe geworden, die Stücke zu spielen, die der Vater sich wünschte. Immer wieder wollte er das „Ave Maria" hören. Sie spielte es für ihn in der Hoffnung, seine Stimmung würde sich dadurch bessern. Es war kaum zu ertragen, seinen Schmerz zu spüren, sein Seufzen und sein Stöhnen, wenn er einen besonders schlechten Tag hatte. Immer schlimmer wurde die Depression, er verbrachte oft Wo-chen in einer Anstalt. Dann waren die Großeltern zu Besuch, um sie während der Abwesenheit des Vaters zu betreuen. Streng gläubige Katholiken, deren Tagesablauf von Gebeten und religi-ösen Handlungen geprägt war. Es gab Strafen für Nichtigkeiten, Essens- und Liebesentzug, wenn sie sich sträubte, gewissen Anweisungen Folge zu leisten.

Eines Tages änderte sich die Situation. Der Vater heiratete eine Pflegerin, die sich von nun an um ihn kümmerte, aber nicht ver-hindern konnte, dass die Krankheit an Schwere zunahm. Der Heranwachsenden begegnete sie mit Gleichgültigkeit und Ab-lehnung. Sie weigerte sich, eine Beziehung zu einem Wesen aufbauen, mit dem sie die Zuneigung des Ehemannes teilen musste. Das Kind wurde als Störenfried betrachtet, als Konkur-renz, die sie am liebsten ausgeschaltet hätte. Schon damals fasste sie als Tochter den Entschluss, sobald wie möglich diesen familiären Verhältnissen zu entfliehen und nach dem Abitur ein Studium im Ausland zu beginnen.

Sie ging nach Paris. Auf Empfehlung einer Musikprofessorin, einer guten Freundin ihrer Mutter, war sie dorthin vermittelt worden, um für die Laufbahn zur Pianistin die notwendige Ausbildung zu erhalten. Zum ersten Mal in ihrem Leben war sie wirklich glücklich. Sie genoss die Stadt, die Freiheit und Unbekümmertheit, die Freundschaften, die sich ergaben, einfach alles. Ihre Begabung, die Präzision und Leidenschaft ihres Vortrags brachten ihr täglich Anerkennung ein. Sie hatte den Ehrgeiz, ein Tastengenie zu werden, eiferte berühmten Vorbildern nach und arbeitete an diesem Ziel mit Akribie und Leidenschaft, die sie dazu antrieb, alles zu geben.

Eines Tages kam dann die Nachricht, die sie wie ein Paukenschlag traf. Es war ein Tag im August. Sie konnte sich noch genau daran erinnern. Es war heiß, und sie trug ein hellblaues, luftiges Baumwollkleid, als sie den Brief in ihren Händen hielt. Ihr Vater hatte seinem Leben ein Ende gesetzt. Er hatte sich erhängt.

VIII

„Gestatten Sie, ist der Platz neben Ihnen noch frei?" sagte plötzlich eine Stimme. Die Frau zuckte zusammen. Eben noch war sie in Gedanken weit weg, die Stimme hatte sie aufgeschreckt. Seine Stimme! Eine Männerstimme mit einem besonderen Timbre, sehr maskulin und dennoch weich und melodisch. In jungen Jahren hatte sie sich vor allem in diese Stimme verliebt. Sie verlieh seiner Sprache das gewisse Etwas. Wie ein Markenzeichen, das der Persönlichkeit einen Stempel aufdrückte. Jedes Mal, wenn er mit ihr sprach, hing sie wie gebannt an seinen Lippen. Was er sagte und wie er es sagte, es unterschied ihn deutlich von anderen jungen Männern, die sie kannte. Er schien sich dessen bewusst zu sein und kultivierte das Geschenk der Natur, von dem auch andere fasziniert waren, indem er sehr bedacht und wohlgeschliffen formulierte und niemals gedankenlos drauflos plapperte.

„Sie können gerne meinen Platz einnehmen", antwortete die Frau mit zaghafter Stimme, ohne den Kopf zu heben. Sie konnte ihm nicht ins Gesicht schauen, irgendetwas hinderte sie daran. „Ich wollte ohnehin gerade gehen. Hier ist es so voll, die Luft stickig, kein Ort, um Wurzeln zu schlagen." Sie griff nach ihrer Handtasche.

„Oh, ich möchte Sie keinesfalls vertreiben", sagte die Stimme. „Was soll man machen in diesem Zug? Irgendwie muss man die Zeit herumbringen. Keine Ahnung, was passiert ist. Keiner sagt etwas, keiner weiß etwas. Sie etwa?"

„Nein", sagte die Frau und blickte in das Gesicht eines älteren Herrn, der ihr fremd war. Dann stand sie auf und räumte den Platz. „Ich muss Halluzinationen haben", dachte sie und erschrak über sich selbst. „Überall sehe ich nur ihn. Ob ich will oder nicht, er verfolgt mich." Es hatte sie große Überwindung gekostet, auf die Frage des Mannes zu antworten. Die wenigen Worte wollten ihr nicht so recht aus der Kehle. Die Hände, die sie nur mühsam kontrollieren konnte, zitterten. Sie schloss die untersten Knöpfe ihres Jacketts, was ihr erst beim zweiten Versuch gelang, atmete tief durch und schritt den Gang entlang.

Vor den Abteilen standen Menschen dicht gedrängt, um frische Luft durch die halb geöffneten Fenster einzuatmen. Ab und zu drangen Gesprächsfetzen an ihr Ohr, in denen das Wort Suizid vorkam. Von einer grässlichen Tat war die Rede. Möglicherweise ein Eifersuchtsdrama. Eine Frau beging angeblich in der Zugtoilette Selbstmord. Der Ehemann saß nebenan im Abteil und hatte keine Ahnung. Mehr war nicht zu erfahren. So genau wollte sie es auch nicht wissen. Schließlich erreichte sie Wagen zehn. Der Raum war zur Hälfte leer. Wahrscheinlich vertraten sich die Personen die Beine draußen auf dem Gang so wie alle anderen, die auf diese Weise an Informationen kommen wollten. Der Zug stand seit einer dreiviertel Stunde im Bahnhof, keine Durchsage, niemand, der etwas Konkretes wusste. Im ersten Wagen war ein Kommen und Gehen, Sanitäter, Polizei, eine Person, männlich oder weiblich, wurde auf einer Bahre hinausgetragen, von einer dunklen Folie bedeckt. Soviel war bereits durchgedrungen.

Der Mann saß an seinem Platz, nur wenige Meter von ihr entfernt und las Zeitung. Er hatte die Beine übereinander geschlagen, das rechte Hosenbein war etwas nach oben gerutscht. Die Frau schmunzelte. Er trug schwarze Kniestrümpfe unter der Anzughose, wie es sich nach den Regeln des Stils gehörte. Hätte er Socken getragen, es hätte sie gestört. Die meisten Männer trugen Socken, feine Herren Kniestrümpfe. Sie stellten nicht Fesseln und Waden zur Schau, es wäre eine Zumutung für das Gegenüber. Die Strümpfe hatten einen seidigen Glanz, beste Qualität. „Nur das Feinste vom Feinen", dachte die Frau. „Ein echter Gentleman."

Der nächste Blick fiel auf seine Brille. „Auch nicht das übliche Kassenmodell. Interessante Hornbrille. Sieht nach Gucci oder Armani aus. Das Tüpfelchen auf dem I." Die leicht quadratischen Gläser passten optimal zu seinem kantigen Gesicht, das den Wirtschaftsteil der Zeitung studierte und kein einziges Mal aufblickte.

Unschlüssig stand die Frau vor dem Eingang des Abteils und beobachtete ihn. Sollte sie schon ihren Platz einnehmen? Sie würde ihm gegenüber sitzen, den Blicken schutzlos ausgeliefert. In einem halbleeren Abteil. Nur, wohin dann? Die Zugtoilette war gerade frei. Dort ging sie hinein, verschloss schnell die Türe. Endlich ein Ort, an dem sie allein sein konnte. Wie in Trance schluckte sie eine Beruhigungstablette. Sie merkte, wie sie sich zunehmend entspannte. Warum hatte sie nicht früher daran gedacht? Ein zaghafter Blick in den Spiegel. Aschfahl das Gesicht, dunkle Ringe unter den Augen, die Lippen blutleer. „Ich muss dringend Make-Up auflegen. Und etwas Rouge auf die Wangen", dachte sie und holte das Schminketui aus ihrer Handtasche. Die Prozedur musste schnell gehen, obwohl sie sich normalerweise gerne Zeit dabei ließ, um ganz bei sich selbst zu sein. Ihr Hauptaugenmerk galt dem Mund. Sie zog die Konturen nach, malte die Oberlippe etwas größer als sie war. Das Ergebnis war zufriedenstellend. Die Lippen vielleicht einen Tick zu rot, zu voll, zu herausfordernd. Aber warum eigentlich nicht? Sie war in der Stimmung, dieser Typ sein zu wollen, den sie mit Hilfe dieses Eindrucks verkörperte. Der purpurrote Mund, ein Signal. Sie war eine Frau mit erotischen Ambitionen, ohne Hemmungen, ohne Angst, selbstbewusst auf Männer zuzugehen. Das schien sie manchmal zu vergessen. Eine Frau durch und durch, weder prüde noch frigide. Eine immer noch am Leben hängende Frau, die auch in ihrem Alter attraktiv genug war, um Aufmerksamkeit auf sich zu lenken. Sie griff wieder nach dem Lippenstift und trug noch eine Schicht auf. Ja, so war es gut. Eigentlich perfekt. Das war ihr Gesicht! Man konnte es sogar als schön bezeichnen. Klassisch geschnitten mit einigen Besonderheiten, den etwas schräg stehenden graugrünen Augen, den hohen Wangenknochen, dem herzförmigen Mund. Wie würde er reagieren, wenn er sie so sah?

Sie zog den Slip nach unten. Ihre Finger griffen automatisch in den Schritt, berührten die Vagina. Urplötzlich spürte sie ein Verlangen, das wie von selbst das Tempo vorgab. Mit dem Rücken zur Wand fing sie an, sich zu befriedigen, drang mit den beiden Fingern ihrer rechten Hand immer weiter in sich ein, bis sie an dem bewussten Punkt angekommen war. Sie konnte nicht anders als fortzufahren. Es musste schnell gehen, sie wollte nicht länger als nötig an diesem Ort verweilen. Der Gedanke, dass er um die Ecke saß, sie innerhalb, er außerhalb der Türe, machte ihr Lust. Er konnte sie nicht sehen, aber er war hier, Teilnehmer eines Spiels, das sie mit niemandem teilte, nur mit sich selbst. Sie spürte seine Umarmung, die Hände, die sich um ihr nacktes Gesäß legten, sie an sich zogen, seinen Atem, den Teil des Körpers, den sie nie kennengelernt hatte, der ihr aber sehr vertraut war, mehr als er ahnen konnte. Es brauchte keine Mühe, sich vorzustellen, wie er in sie eindrang, sich in sie hineinschraubte, immer tiefer und wilder, als wäre es für sie beide die selbstverständlichste Sache der Welt, es immer und überall miteinander zu treiben, selbst auf der schmutzigen Toilette eines Zuges, in einer Atmosphäre, die unappetitlich und abstoßend war, aber vielleicht gerade deshalb ihr Begehren beflügelte. Weiter, weiter, dachte sie im Geiste, wie um den Mann anzutreiben, bis das Blut ihr in den Kopf schoss und sie ein inneres Aufbäumen wahrnahm, das in einem Rauschzustand kulminierte, wie sie ihn in dieser Form noch nie erlebt hatte. Sie musste sich zusammennehmen, um in diesem Moment des exzessiven Empfindens, diesem einmaligen Höhepunkt, nicht loszubrüllen und ihren Gefühlen freien Lauf zu lassen. Das Herz schlug ihr bis zum Hals, sie verweilte im Stehen noch einige Sekunden, unfähig, sich jetzt sofort nach draußen zu begeben.

An der Türe klopfte jemand. „Alles in Ordnung?" „Ja", hauchte sie, „einen Moment noch." Ein Blick in den Spiegel. Ja, sie war die Frau, die sie von nun an zu spielen gedachte. Eine verführerische Frau mit knallroten Lippen, die den Hauptbahnhof Zürich noch lange nicht erreichen wollte. Wenn es nach ihr ginge, bräuchte die Fahrt heute nicht mehr fortgesetzt zu werden. Sie benützte noch kurz die Toilette, knöpfte sich das Jackett auf, unter dem sie ein blassrosa Seidentop trug und öffnete die Türe. „Mir ist übel gewesen", sagte sie zu der Dame, die bereits zehn Minuten vor der Türe gewartet hatte. „Entschuldigen Sie bitte."

„Kein Problem. Kann ich gut verstehen", antwortete die Frau, „die Zustände hier an Bord können sich schon auf den Magen schlagen. Ich wünsche Ihnen gute Besserung. Hoffentlich fühlen Sie sich bald wohler."

IX

Es waren nur wenige Schritte bis zu ihrem Platz im Abteil. Die Frau drückte die Automatik-Taste der Durchgangstüre, die sich daraufhin öffnen sollte, es aber nicht tat. Sie drückte erneut, heftiger, schneller, keine Reaktion. „Arme Fahrgäste", dachte sie. „Toilettenspülung defekt, Türautomatik außer Betrieb, Zug kommt nicht vom Fleck." Aber was blieb übrig? Man musste es wohl in Kauf nehmen, dass auf dieser Strecke ein uraltes, ausrangiertes Zugmodell zum Einsatz gebracht worden war, in dem nichts funktionierte. Sie rüttelte an den Griffen der Schiebetüre und versuchte, mit beiden Händen sie zur Seite zu ziehen. Ohne Erfolg. Sie gab auf, die Gelenke schmerzten. Kaum hatte sie losgelassen, sprang die Türe wie von selbst auf und gab einen Spalt frei, durch den sie sich seitlich hindurchzwängen konnte. Im selben Moment schnappte die Türe auch schon wieder zu. Die Frau erschrak über die Willkür des veralteten Systems, dem sie hilflos ausgeliefert war. Nun stand sie auf einer Fläche von kaum einem Quadratmeter, gefangen zwischen zwei Schiebetüren, von denen sie die erste überlistet hatte, die andere jedoch strikt den Befehl verweigerte und auf Knopfdruck nicht reagierte.

Der Stiletto - Absatz ihres dunkelblauen Pumps arbeitete bereits im Staccato-Takt und brachte ihr Unbehagen zum Ausdruck, das auf einen Zornesausbruch zusteuerte. Ein letzter verzweifelter Versuch. Umsonst. Es folgte ein kurzes Aufstampfen, ein energischer Tritt und der spitze Absatz ihres Schuhs, etwa sieben Zentimeter hoch, landete in der Fuge einer Metallplatte unter ihr, in der er komplett verschwand. „Auch das noch!" stöhnte die Frau, und der Schweiß drang ihr aus allen Poren. Was war heute los? Alles ging schief. Beide Hände an den Griffen der Türe, um das Gleichgewicht nicht zu verlieren, kämpfte sie mit dem Schuh. Dieser hatte sich bereits fest verhakt und ließ sich trotz größter Bemühungen nicht herausziehen. Im Gegenteil, je mehr Gewalt sie anwendete, desto schlimmer wurde es, bis der Schuh nicht mehr senkrecht, sondern schräg in der Vertiefung steckte.

Fahrgäste sprangen herbei und versuchten mit vereinten Kräften, die Schiebetüre zu öffnen. Angeblich wäre seit Stillstand des Zuges in allen Wagons die Türautomatik außer Betrieb. Der Zugbegleiter wüsste bereits Bescheid und würde alle Hebel in Bewegung setzen, das technische Problem umgehend zu beheben.

„Zweckmäßigkeit vor Ästhetik? Praktische Funktion vor Eleganz? Soll das die Lehre sein?" überlegte die Frau, während sie wie ein Ausstellungsstück zwischen zwei Türen den teils schadenfrohen Blicken der Fahrgäste ausgesetzt war. „Eine Frau mit weiblichen Ambitionen landet in der Versenkung. Dort, wo sie offensichtlich hingehört. Attraktivität im Zug unerwünscht. Ja, so ist das wohl zu betrachten. Weit und breit kein Loch zu sehen. Nur an einer einzigen Stelle. Pfenniggroß, wie für meinen Schuh gemacht. Und jetzt sitzt der böse Geist irgendwo im Gepäckträger oder unter dem Sitz und lacht sich schadenfroh ins Fäustchen. Hurra, das Weib ist in die Falle getappt! Der Absatz steckt im Loch! Gewonnen! Ist es ein Verbrechen, sich auf hohen Absätzen zu bewegen? Eine Ordnungswidrigkeit, für die man einen Denkzettel bekommt? Hören Sie, meine Damen! Schreiben Sie es sich hinter die Ohren! Nur flache Treter sind erlaubt, High Heels verboten. Oh, mein Gott ...So eine Welt mag ich mir nicht vorstellen." Die Zornesröte trat ihr ins Gesicht. Der Tag stand unter einem ungünstigen Stern. Pannen am laufenden Band. Was würde als nächstes kommen? Irgendwie hatte sie von allem genug.

X

Im Abteil wartete der Mann seit geraumer Zeit auf die Rückkehr der Frau. Er wollte den Moment nicht verpassen, wenn sie durch die Türe eintrat, um ihre Erscheinung aus dieser Perspektive zu betrachten, was ihm bisher nicht vergönnt war. Er wollte mehr sehen außer ihrem Gesicht im Profil, das unentwegt zum Fenster hinausblickte. In ihrer Abwesenheit hatte er sich mit der Lektüre verschiedener Tageszeitungen beschäftigt, ab und zu zur Türe geschaut, aber nicht oft genug. Erst als dort mehrere Personen durcheinander redeten und an den Griffen rüttelten, wurde er aufmerksam. Mit wenigen Schritten war er an der Türe. Ein kurzes Bedienen der Taste, ein nochmaliger Versuch ... Und sie sprang auf.

„Wo ist das Problem?" fragte er die Frau, die ihn verwundert anstarrte.

„So ... wie es aussieht ... offenbar gelöst", stotterte sie und konnte es kaum fassen. „Merkwürdig .. die Türautomatik ... jetzt funktioniert sie wieder, überraschend schnell, wahrscheinlich reiner Zufall. Trotzdem vielen Dank."

„Keine Ursache", sagte der Mann. „Kann ich sonst noch etwas für Sie tun?" Und nachdem die Frau sich nicht von der Stelle rührte, fügte er hinzu: „Es wäre mir ein Vergnügen, Ihnen behilflich sein zu können." Seine Augen wanderten über ihr Gesicht, musterten sie von Kopf bis Fuß und blieben schließlich an der untersten Stelle hängen.

„Bemühen Sie sich nicht", sagte die Frau. „Ich schaffe es alleine." Mit dem rechten Fuß war sie bereits aus dem Schuh geschlüpft und bückte sich nach unten, um den Absatz mit der Hand herauszuziehen.

Der Mann fing an zu schmunzeln. „Oh! Gehe ich recht in der Annahme, dass Sie in der Klemme stecken?" Dabei konnte er sich ein leicht süffisantes Mienenspiel nicht verkneifen. „Entschuldigen Sie, wenn ich den Anschein erwecke, mich ein wenig zu amüsieren, aber so ein Kunststück kommt nicht alle Tage vor. Ich sehe schon, da muss ein Mann Hand anlegen, wenn Sie nicht zum Verkehrshindernis werden wollen. Erlauben Sie?" Er bückte sich, während die Frau sich aufrichtete und ihn gewähren ließ, obwohl sein Angebot ihr gegen den Strich ging. „Sehr freundlich von Ihnen. Es wäre nicht nötig, aber wenn Sie meinen und es Ihnen nichts ausmacht."

„Seine Hilfe in Anspruch nehmen! Sich am Ende auch noch bei ihm bedanken müssen!" ging es ihr durch den Kopf. Sie holte tief Luft, um innerlich ruhig zu bleiben und sicher auf einem Bein zu stehen. Es erforderte Konzentration und die Bereitschaft, sich in das Unabänderliche zu fügen.

Es gelang ihr, die Lage realistisch zu betrachten. Wo war das Problem? Sie waren offiziell zwei fremde Personen, die nichts miteinander zu tun hatten. In diesem Zug waren sie zufällig aufeinander getroffen, Fahrgäste wie alle anderen auch. Nun befand sie sich in einer schwierigen Situation, die sie nicht selbständig lösen konnte. Und er war freundlicherweise zur Stelle, um ihr aus der Patsche zu helfen. Ein Kavalier, der vor ihr in die Hocke ging und sich an ihrem Schuh zu schaffen machte, ohne zu wissen, wer die Besitzerin dieses Gegenstandes war. Sie brauchte nur etwas Geduld und die Fähigkeit, ihren Geist in andere Bahnen zu lenken, damit sie die Angelegenheit aus einer weniger voreingenommenen Perspektive betrachten konnte. Hatte sie nicht beschlossen, in eine andere Rolle zu schlüpfen? Jetzt war der Moment, um damit zu beginnen. Sie würde vorübergehend die Vergangenheit ruhen und die Gegenwart nicht von ihr beherrschen lassen. Einfach versuchen, eine Frau zu sein, die es zu schätzen wusste, dass ein Mensch, in diesem Fall ein Mann, sie aus einer Zwangslage befreite. Normalerweise ein rühmliches Verhalten, das sie nicht an den Rand des Nervenzusammenbruchs führen musste.

Langsam fand sie Gefallen an der Lage. Hatte sich irgendwann ein Mann um ihre persönlichen Bedürfnisse gekümmert? Außer Handwerkern und Personen, die dafür bezahlt wurden? Auch wenn sie noch so sehr grübelte, fiel ihr zu diesem Thema nichts ein. Sie konnte sich nicht daran erinnern, jemals Zuwendung erhalten zu haben, die über das normale Maß hinausging. Es war ein toter Fleck in ihrer Biographie.

Nicht einmal der Vater, eine der tragenden Säulen in der Erziehung eines Kindes, taugte als Beispiel. Ein totaler Versager war er gewesen. Ein labiler Egozentriker, bei dem sich die Tage nur um das eigene Ich drehten. Empathie und Fürsorge waren ihm fremd. Nein, er war seiner Vorbildfunktion in keiner Weise gerecht geworden. Der früh verstorbene Ehemann? Ein Mensch, von Ängsten und Wahnvorstellungen geprägt, der Alkoholsucht verfallen, hatte ihr das Leben verbittert. Ihr Schicksal war es gewesen, sich seinen Bedürfnissen unterzuordnen. Der Lebensgefährte, mit dem sie fünf Jahre lang liiert war? Zwölf Jahre jünger als sie und ständig in Geldnöten, hatte er sie mehr oder weniger in die Mutterrolle gedrängt, aus der sie nicht mehr herausgekommen war. Abgesehen davon hatte er sie nach Strich und Faden betrogen, wie sie leider erst sehr spät bemerkt hatte. Vor drei Jahren war er bei einem Autounfall ums Leben gekommen. Keine Träne hatte sie ihm nachgeweint. Ein Egoist war er gewesen, dem es nur um das eigene Wohlergehen ging. Nein, mit Männern hatte sie kein Glück gehabt.

Allmählich bekam sie kalte Füße. Der Vorgang zog sich hin. Kein Ende abzusehen. Unter ihr kauerte ein Mann und bemühte sich nach Kräften. Von Zeit zu Zeit schüttelte er den Kopf, murmelte etwas Unverständliches vor sich hin, stöhnte, weil er sich nicht als Held gebärden konnte, dem ein Coup auf Anhieb gelang. Ein Mann, der vor ihr in die Knie gegangen war, ihr sozusagen zu Füßen lag. Für sie ein ungewohntes Bild, dessen Situationskomik ihr ein Lächeln auf die Lippen zauberte.

Ihr Blick fiel auf seinen Hinterkopf, der von kreisrundem Haarausfall gekennzeichnet war. Genau in diesem Bereich entdeckte sie etwas. Ziemlich deutlich stach es ihr ins Auge. Das war doch, ja genau ... die Narbe, die er sich in der Jugend bei einem Sturz vom Fahrrad zugezogen hatte. Bei einem Sonntagsausflug in den Nachbarort war es passiert. Sie hatten gerade ein Eis gegessen, waren gut gelaunt und wollten die Heimfahrt antreten. Sie waren nebeneinander her geradelt, hatten gelacht und fröhlich gesungen, dabei einen Gegenstand übersehen, der ihm zum Verhängnis wurde. Er versuchte noch auszuweichen, doch es war nicht zu verhindern gewesen. Der Sturz brachte es mit sich, dass er mit dem Hinterkopf knallhart auf einen spitzen Stein aufgeschlagen war. Für ein paar Sekunden war er ohnmächtig geworden, neben ihm ein ziemlicher Blutfleck. Sie hatte mit ihrem Taschentuch erste Hilfe geleistet und ihm geraten, die Wunde professionell versorgen zu lassen. Aber er hatte darüber nur gelacht und sich zu Hause selbst verarztet. Nicht einmal ein Pflaster hatte er aufgeklebt. Ja, so war er, eitel, uneinsichtig, fast ein wenig selbstherrlich. Von niemandem nahm er einen Rat an. Die Narbe könnte besser aussehen, wäre sie damals genäht worden.

„So, das hätten wir", sagte der Mann und erhob sich, etwas schwerfällig, weil ihm das Verweilen in gebückter Haltung immer noch schwer fiel und die Hüfte schmerzte. Sein Gesicht war rot angelaufen, Schweißperlen standen ihm auf der Stirn.

„Das Leder ist etwas abgeschürft, aber das kriegen Sie mit Schuhpolitur wieder hin. Wenn wir es nicht mit außergewöhnlichen Umständen zu tun hätten, wäre dies ein Grund für eine Schadensersatzforderung einschließlich Schmerzensgeld. Er drehte und wendete den Schuh wie eine Trophäe in seinen Händen und begutachtete ihn von allen Seiten. „Elegantes Stück, passt perfekt zu ihrem Outfit, wenn ich mir die Bemerkung erlauben darf. Schuhgröße siebenunddreißig?"

Die Frau nickte, wirkte irritiert. Hatte er das nur so gesagt? Oder steckte etwas Konkretes dahinter? Sollte seine Äußerung eine Anspielung sein? Hatte er sie durchschaut? Wusste er, wer sie war? Erinnerte er sich genau wie sie an ein früheres Ereignis und spielte nur den Ahnungslosen? Er hatte ihr zum 17. Geburtstag ein Paar Schuhe geschenkt. Sie hatte sich noch gewundert, als er einige Tage vorher nach ihrer Schuhgröße gefragt hatte. „Ein Geheimnis", hatte er geantwortet und vielversprechend gelächelt. Und am bewussten Tag hatte er sie mit grünen Pumps überrascht, ziemlich kräftig in der Farbe, vorne spitz, wie es der Mode der Fünfziger Jahre entsprach, und einer roten Schleife als Verzierung. Drei Tage zuvor hatte sie das Paar bei einem gemeinsamen Stadtbummel in der Auslage eines Schuhgeschäfts entdeckt und Begeisterung geäußert. „Wäre wohl genau dein Geschmack?" hatte er gefragt. Und sie hatte genickt. Die Schuhe waren reduziert, die Qualität nichts Hochwertiges, kein echtes Leder, somit erschwinglich. Das hatte Ihn wohl zum Kauf motiviert. Es war das erste persönliche Geschenk, das sie von einem Mann erhalten hatte und sie war überglücklich gewesen. Sooft es ging, hatte sie ihre Füße in die Schuhe gezwängt, wollte sie nicht mehr ablegen, obwohl die Zehen schmerzten und der Pfennigabsatz höher als bisher gewohnt war. Sie hatte sie zu Jeanshosen, die damals in Mode kamen, getragen oder zu einem getupften Rock mit Petticoat. Sogar durch Wald und Flur war sie damit gestöckelt. Es waren ihre Lieblingsschuhe, fast ein Heiligtum. Bis sie dasselbe Modell eines Tages an Ilona gesehen hatte ...

„Als Jurist könnte ich Ihnen nicht empfehlen, es auf einen Rechtsstreit ankommen zu lassen," sagte der Mann und blickte ihr tief in die Augen, dass sie errötete. "Das macht nur Umstände, kostet Zeit und bringt nichts ein. Nehmen Sie die Sache mit Humor und vergessen Sie die Aufregung."

Dann zeigte er ihr die Stelle, an der sich der Schuh verfangen hatte. „Sehen Sie das kleine Loch? War wohl ursprünglich mit einer Schraube versehen. Ausgerechnet dort sind Sie hineingetreten und stecken geblieben. Tja, Pech muss der Mensch haben."

„Pech? Ich würde es eher Glück nennen." Die Frau war mutig geworden. Die purpurroten Lippen steigerten ihr Selbstbewusstsein. „Es ist eine Frage der Perspektive. Ich sehe es als großes Glück an, dass ich an Sie geraten bin. Andernfalls hätte ich in der Falle steckenbleiben müssen, bis ich irgendwann Wurzeln geschlagen hätte. Nicht auszudenken!"

„Ja, eine amüsante Vorstellung". Der Mann konnte sich ein Lachen nicht verkneifen. Man konnte deutlich die Grübchen in den
Wangen sehen, die sie früher schon an ihm geliebt hatte. Und
den perfekten Zahnersatz, der vielleicht eine Spur zu weiß geraten war. „Darf ich?" sagte er. Und ganz Gentleman stellte er ihr
den Schuh neben den Fuß, sodass sie bequem hineinschlüpfen
konnte. „So, jetzt können Sie wieder das Tanzbein schwingen.
Natürlich erst, wenn wir diese verdammte Zugfahrt hinter uns
haben."

„O la la! Schöne Aussichten", sagte die Frau und verdrehte die
Augen. „Ich werde Ihren Vorschlag befolgen. Vor Ihnen steht
eine leidenschaftliche Tänzerin, die es kaum erwarten kann, sich
aufs Parkett zu begeben. Eine Mata Hari sozusagen. Falls Sie
wissen, was das bedeutet."

„Und ob! Tänzerin und Spionin im ersten Weltkrieg. Auf letzteres
könnte ich allerdings verzichten. Der Mann lachte. „Es ist mir
jedenfalls eine große Ehre, gnädige Frau, Ihr Bekanntschaft gemacht zu haben. Ich würde mich glücklich schätzen, bei Gelegenheit eine Kostprobe Ihres Talents vorgeführt zu bekommen."

„Bin leider ständig auf Tournee und ziemlich ausgebucht. Keine
Chance." Die Frau gab sich locker. Ein paarmal fuhr sie sich mit
der Zunge über die Lippen, damit sie glänzender wirkten und
setzte wieder zum Sprechen an: „Was ich sagen wollte ... also,
dem guten Geist sei Dank, der mich in die Lage versetzt hat, den
Intentionen des Tanzbeins Rechnung zu tragen. Was hätte ich
nur ohne Sie gemacht? Kann ich mich auf irgendeine Weise re-
vanchieren? Ich würde mich gerne erkenntlich zeigen."

Der Mann zupfte sich kurz am Ohrläppchen, zog die Augenbrau-
en hoch. „Ganz einfach", sagte er und setzte sein charmantestes

Lächeln auf. „Wie wäre es, wenn Sie mir die Freude machen würden, für den Rest der Fahrt Gesellschaft zu leisten? Es wäre mir eine große Ehre, Frau ...

„Karasek", kam prompt die Antwort. „Sybille Karasek".

„Sehr angenehm", sagte der Mann und ergriff ihre ausgestreckte Hand. „Paul Hoflehner."

Er hatte es nicht anders erwartet. Wahrscheinlich hatte sie ihre Gründe, wenn sie sich unter anderem Namen vorstellte. Sollte er ihr deshalb in die Parade fahren? Ein Spielverderber sein? Nein. Er hatte sich ebenfalls entschlossen, inkognito zu bleiben und unter seinem Pseudonym, dem Namen, unter dem er seine Bücher verfasste, das Spiel mitzuspielen. Es würde spannend werden. Davon war er überzeugt.

„Würden Sie mir gestatten, Sie auf ein Glas Champagner einzuladen, damit wir auf das Tanzbein anstoßen können", sagte er, nachdem sich die Türe geöffnet hatte und der Zugbegleiter mit dem Getränkewagen im Abteil erschien. „Zumindest mit einem halbwegs ebenbürtigen Ersatz. Edle Getränke sind hier wohl nicht an der Tagesordnung."

„Gerne", sagte die Frau. „Aber erlauben Sie mir, dass ich die Einladung übernehme. Schließlich habe ich Ihnen zu danken."

„Lassen Sie mir bitte den Vortritt. Sie würden mir eine große Freude machen. Außerdem bin ich nicht gewohnt, von Damen eingeladen zu werden."

„Überredet. Wie Sie wollen."

Beide nahmen an dem Vierertisch Platz und setzten sich gegenüber. Bald standen darauf zwei Piccolo-Flaschen, von denen der Mann die erste öffnete und mit etwas abschätzender Miene den Inhalt in die bereit gestellten Mehrzweckgläser füllte, die in keiner Weise seinem ästhetischen Anspruch genügten.

„Man kann nicht alles haben", sagte die Frau und prostete ihm zu. „Auf Ihr Wohl! Wollen wir hoffen, dass diese Zugfahrt baldmöglichst fortgesetzt werden kann und zu einem schnellen Ende führt."

„Ich bin mir nicht sicher, ob ich mir das wünsche" antwortete der Mann, zog die Augenbrauen nach oben und blinzelte ihr vielsagend zu. Und nach einer langen Schweigeminute fuhr er fort: „Jedenfalls freue ich mich, Ihre Bekanntschaft gemacht zu haben, Frau Karasek."

„Ganz meinerseits, Herr Hoflehner."

XI

Beide starrten eine Weile zum Fenster hinaus und beobachteten das Geschehen auf dem Bahnsteig. Eine Gruppe von Polizisten stand vor dem betroffenen Wagen. Die Beamten wirkten sehr geschäftig, telefonierten und gaben den Fahrgästen, die aus den Fenstern lehnten, zu verstehen, dass sie keine Informationen weitergeben durften. Ein Lieferwagen fuhr vor. Große Aluminiumbehälter wurden in den Zug geschafft. Es sah danach aus, als wollte man den geplagten Fahrgästen Verpflegung zuteil werden lassen, um die Gemüter zu besänftigen. Eine Frau mit zwei Körben frisch gebackener Brezeln tauchte auf und übergab sie einer weiteren Person, die sie in das Innere des Zuges schaffte. Man konnte daraus schließen, die Untersuchungen würden nicht so schnell zum Abschluss kommen und somit die Weiterfahrt verzögern. Stoßseufzer allerorten, deutliche Laute des Aufbegehrens. Der Unmut der Fahrgäste im Erste-Klasse-Abteil war zu spüren. Doch was blieb übrig? Notgedrungen fügte man sich in die Lage und harrte der Dinge, die da kamen. Die beiden Reisenden am Vierertisch schien es nicht zu berühren. Sie saßen sich gegenüber und dachten an alle möglichen Dinge – nur nicht an die verlorene Zeit.

„Abscheuliche, perverse Inszenierung, dieser Suizid", sagte der Mann und zeigte durch sein Mienenspiel, wie ihn das Geschehen anwiderte. „Dreihundert Personen oder mehr in Zwangsquarantäne! Und nur, weil eine verrückte Person meinte, sich unbedingt in diesem Zug umbringen zu müssen. Keine Geduld, um die Sache zu Hause diskret im stillen Kämmerlein über die Bühne zu bringen. In der fahrbaren Kulisse eines Zuges vor Publikum musste es sein. Spektakuläre Inszenierung par excellence! Man geht auf die Zugtoilette und schneidet sich die Pulsadern auf. Noch dazu mit einer Nagelschere, weil man nichts anderes zur Hand hat. Ich könnte wetten, dass Drogen im Spiel waren. Die Zurechnungsfähigkeit muss außer Kontrolle gewesen sein. Der Mann saß ahnungslos nebenan im Abteil. Er dachte noch, wo sie nur bleibt, überlegte, was zu tun war. Und sie? Spielte nicht mehr mit, bevorzugte die bequemere Lösung. Ein filmreifer Stoff, passend für einen Thriller. Hitchcock lässt grüßen."

„Man müsste wissen, welche Motive diese Person hatte", sagte die Frau. „Ich würde sie nicht von vornherein verurteilen, ohne die Gründe zu kennen."

„Es gibt keine Gründe, die einen Selbstmord rechtfertigen", fiel ihr der Mann ins Wort. „Das Leben wird uns von Gott geschenkt. Wir haben kein Recht, es aus einer Laune heraus zu beenden, bloß weil uns etwas nicht passt und wir die Sache nur aus unserem eigenen Blickwinkel betrachten können. Glauben Sie mir, so mancher Selbstmörder würde seinen Entschluss rückgängig machen, könnte er das Problem nach zeitlichem Abstand neu bewerten. Ganz abgesehen davon, dass man schon vorher sein Gehirn beanspruchen muss, nicht in eine Schieflage zu kommen, aus der es nach menschlichem Ermessen keinen Ausweg gibt. Das ist jedenfalls meine Meinung."

Die Aussagen des Mannes wirkten auf die Frau befremdlich. Er betrachtete den Vorfall sehr pragmatisch, aus rein rationaler Sicht. War es sein Beruf, der ihn so denken ließ? Es klang herzlos, was er gesagt hatte, keine Spur von Mitgefühl für das Opfer, alles nüchtern und sachorientiert.

„Soviel aus den Gesprächsfetzen im Zug durchgesickert ist, handelte es sich um eine junge Frau", sagte sie, „circa 18 Jahre alt, also noch sehr unreif. Nehmen wir an, sie war schwanger. Diese Tatsache hatte sie dem Mann während der Reise mitgeteilt. Kurz und bündig, ohne Umschweife. Sehr unklug und unüberlegt, wie ich meine, zumindest, was den Ort betraf. Vielleicht hatte sie angenommen, er würde es nicht wagen, ihr im Zug eine Szene zu machen. Das Gegenteil war der Fall. Er fing an zu toben und überhäufte sie mit Vorwürfen. Es gab Streit, Wortgefechte, die Lage eskalierte. Alles vor den Mitreisenden. Peinlich, unerträglich. Die Frau war aufgewühlt, zutiefst verletzt und flüchtete sich auf die Zugtoilette. Der Entschluss, aus dem Leben zu scheiden, kam ihr vielleicht erst an diesem Ort. Sie hat ganz einfach durchgedreht. Das Werkzeug befand sich in ihrer Handtasche oder griffbereit neben dem Waschbecken, wo es ein Fahrgast hatte liegen lassen. In ihrer Torschlusspanik kam ihr der Gedanke, sich etwas anzutun. Vielleicht wollte sie dem Mann auch nur einen Schock zufügen, zunächst ohne selbstmörderische Absicht. Dann ist sie nach kurzer Zeit ohnmächtig geworden, was zum Herzstillstand führte. Armes Mädchen! Eigentlich muss man sie bedauern."

„Bedauern? Bei dieser Frau drehte sich alles nur um das eigene Ich", sagte der Mann und nahm wieder einen Schluck. Man konnte ihm ansehen, dass er völlig anderer Meinung war. Der Alkohol war ihm leicht zu Kopf gestiegen, sein Gesicht nahm einen bläulich roten Farbton an. Er wirkte empört und redete sich mehr und mehr in Rage.

„In meinen Augen ist es eine rücksichtslose und feige Tat, so und so viele Personen in Sippenhaft zu nehmen, deren Vorhaben auf unverantwortliche Weise zu durchkreuzen und ihnen finanzielle Einbußen zuzumuten. Hauptsache, man kommt selbst auf seine Kosten als Hauptakteur in einem dramatischen Schauspiel, das die Sensationsgier der Schaulustigen befriedigt. Nicht zuletzt dem Mann gegenüber ein äußerst unfaires Verhalten. Überlegen Sie, er muss die Frau identifizieren. Das Bild der verstorbenen Freundin, deren Tod er mehr oder weniger auf dem Gewissen hat, wird ihn sein Leben lang begleiten. Ich bleibe dabei, es handelt sich um ein unüberlegtes und egoistisches Verhalten, als Motiv für den Suizid, auch wenn er von Anfang an nicht so geplant war, vollkommen inakzeptabel. Ich hoffe, Sie können in diesem Punkt meine Meinung teilen und sehen in dem widerlichen Vorgang nicht noch eine Legitimation. Sicher können Sie mir beipflichten, wenn ich sage, dass es verwerflich ist, selbst im Sterben noch eine Show abzuziehen und den Angehörigen einen Schock zuzufügen. Denken Sie an die Familie dieser Frau, die nun unendliches Leid erfahren muss. Und was den Mann betrifft, so müsste man ebenfalls wissen, was ihn zu seinem Verhalten angetrieben hat, warum er von der Schwangerschaft, falls sie überhaupt existierte, nicht gerade begeistert war, und ihn nicht vorschnell verurteilen."

„Sie sind Jurist,", sagte die Frau, „ich dagegen Psychologin. Sie beurteilen die Angelegenheit nach anderen Kriterien als ich. Aus meiner beruflichen Praxis weiß ich, dass die Verzweiflung bei einem Menschen, in diesem Fall einer Frau, so weit gehen kann, dass die Person keinen anderen Ausweg sieht, als sich umzubringen. Menschen sind nicht alle gleich, Herr Hoflehner, es ist eine Frage der psychischen Belastbarkeit." Und nach einer kurzen Pause, die sie dazu nutzte, die Knöpfe ihres Jacketts über der Brust zu schließen, fuhr sie fort: „Wir wissen nicht, was passiert ist. Vielleicht ist es so gewesen. Vielleicht auch ganz anders. Wir werden es aller Voraussicht nach nie erfahren. Jedenfalls steht fest, es gibt viele Gründe, weshalb Menschen freiwillig aus dem Leben scheiden, eine unheilbare Krankheit, die Angst vor Alter und Siechtum, Einsamkeit, emotionale Kälte und vieles mehr. Jeder sollte selbst für sich entscheiden können, ob er in aussichtslosen Situationen den Tod dem Leben vorzieht. Den ersten Lebenstag können wir nicht bestimmen, aber vielleicht den letzten."

Die Frau rieb beide Handflächen gegeneinander. Die Finger schmerzten, fühlten sich nass und kalt an, wie immer, wenn sie psychisch angespannt war. Mit der rechten Hand massierte sie Daumen und Zeigefinger, in der sie wegen der akuten Taubheit keine Empfindung hatte. Es war ihr unmöglich, das Getränk in die Hand zu nehmen. Eine Weile blickte sie konsequent zum Fenster hinaus, um das Gespräch nicht fortsetzen zu müssen. Plötzlich spürte sie ein Gefühl der Wärme, das ihren Körper durchströmte und einen Zustand auslöste, den sie als sehr wohltuend empfand. Der Mann hatte seine Hände um ihre Finger gelegt. Große kräftige Hände, die wie ein Rettungsring die ihren umschlossen. Sie umklammerten die zierlichen Finger, die ein wenig zitterten und nicht zur Ruhe kamen. Sekundenlang hielt der Mann die Finger in seinen Händen. Die Frau ließ es ohne Widerstand geschehen. Es waren gepflegte Hände, was man an den perfekt manikürten Fingernägeln erkennen konnte. Sie fühlten sich weich und geschmeidig an. Keine Arbeitshände, wie sie

Männer dieses Alters nicht selten hatten. Am mittleren Finger der rechten Hand trug der Mann einen goldenen Ring, besetzt mit zwei kleinen Brillanten und einem Rubin in der Mitte. Antik, blank poliert, vielleicht ein Erbstück. „Möglicherweise ein Ehering", ging es der Frau durch den Kopf. Denn es wäre wohl ein Wunder, wenn dieser gut aussehende Mann nicht verheiratet oder auf andere Weise gebunden wäre.

XII

„Ich weiß, was Ihnen durch den Kopf geht", sagte die Frau kurz und knapp. Die Gedanken des Mannes zu erraten, war nicht schwer. „Sie möchten wissen, was mit meinen Händen passiert ist. Jeder möchte es wissen. Ich mache auch kein Geheimnis daraus. Wer will, kann es erfahren. Also, es war ein Unfall. Lange her, mehr als vierzig Jahre. Das Leben ist seitdem ein anderes." Sie löste die Hände aus seiner Umklammerung. „Man ist verdammt, mit der Erinnerung zu leben. Die Bilder haben sich eingeprägt, verfolgen mich auch jetzt noch im Traum. Ob man will oder nicht, man wird immer wieder davon eingeholt."

„Verstehe, dramatische Geschichte, könnte ich mir vorstellen. Sie müssen sie mir nicht erzählen, wenn Sie nicht wollen. Es kostet Sie bestimmt Überwindung."

„Ach wissen Sie, ich werde oft danach gefragt", sagte die Frau und löste wieder die mittleren Knöpfe ihres Jacketts. „Mit zunehmendem Alter zwar weniger, man nimmt Rücksicht, aber früher auf Schritt und Tritt. Wie schon gesagt, ich mache kein Geheimnis daraus. Im anderen Fall reimen sich die Leute den größten Unsinn zusammen, der mit der Wahrheit nichts zu tun hat, manchmal sogar ins Absurde führt. Von angeborenem Gendefekt bis zur Verstümmelung durch häusliche Gewalt reicht die Palette der Spekulationen. Was glauben Sie, was mir in diesem Zusammenhang schon alles zu Ohren gekommen ist."

Eine Weile starrte sie vor sich hin, die roten Lippen fest aufeinander gepresst. Es schien, als wollte sie es doch für sich behalten. Der Mann hatte sich zurückgelehnt, die Arme verschränkt. Er wollte der Initiative der Frau nicht vorgreifen und es ihr überlassen, ob sie ihm, einem Fremden, anvertrauen wollte, was ihr offenbar schwer auf der Seele lag. Er schaute sie an und wartete ab. Eine Zeitlang schwiegen beide, prosteten sich kurz zu und blickten zum Fenster hinaus. Schließlich richtete die Frau ihre Augen auf ihr Gegenüber und setzte zum Sprechen an:

„Es war während meiner Studienzeit in Paris. Ich hatte ein kleines Zimmer in einem heruntergekommenen Altbau am Fuße des Montmartre. Ich teilte es mit einer jungen Frau, die es tagsüber nutzte und in den Abendstunden als Kellnerin arbeitete. Das war praktisch, jeder von uns konnte ungestört arbeiten. Ich studierte im übrigen Philosophie im dritten Semester. Die Vermieterin war eine ältere Dame mit großer Leidenschaft für Katzen. Ungefähr acht bis zehn Tiere schlichen ständig um sie herum, große, kleine, junge, alte, schwarze, gescheckte, alle Größen und Arten. Sie waren ihr im Laufe der Zeit zugelaufen und sie pflegte sie mit absoluter Hingabe. Mittelpunkt war ein Siamkater, ein außergewöhnliches Exemplar mit fast menschlichen Verhaltensweisen. Man konnte mit ihm sprechen, er verstand alles und folgte aufs Wort. Ein äußerst anschmiegsames Tier unbekannter Herkunft, das auch mir ans Herz gewachsen war. Ihm galt die besondere Aufmerksamkeit und Zuneigung von Madame. Ja, man konnte sagen, die Katzen waren ihre Familie und Kater Baudelaire das Familienoberhaupt. Falls Sie verstehen, was ich meine."

Der Mann nickte. „Ja, so etwas soll es geben. Das Haustier als eine Art Kompensation für familiäre Defizite. Dagegen ist grundsätzlich nichts einzuwenden. Vorausgesetzt, dass die Tiere artgerecht behandelt werden und man sie nicht aus egoistischen Gründen für abartige Zwecke instrumentalisiert, was ein Verstoß gegen ihre Natur wäre. Erzählen Sie bitte weiter. Ich wollte sie nicht unterbrechen."

„Eines Abends kam ich spät nach Hause", fuhr die Frau fort. „Schon von weitem hörte ich Schreie. Feuer! Feuer! Die Wohnung im dritten Stock stand in Flammen. Die Vermieterin kauernd am Eingang, total aufgelöst. Vor allem wegen der Katzen. Einige der Tiere befanden sich in ihrem Arm, die Mehrzahl war verbrannt, nicht mehr zu retten. In Panik suchte sie den Kater. Er hatte sich in einem elektrischen Kabel verfangen und miaute jämmerlich. Als sie es sah, geriet sie vollkommen außer sich, schrie und schluchzte herzzerreißend. Mir ging es durch Mark und Bein. Ich musste helfen. Auf der Stelle. Es gab nichts zu überlegen. Mantel über den Kopf gestülpt, Taschentuch vor dem Mund, so bin ich in den Flur gestürzt, Stecker aus der Steckdose, den Kater gepackt und wieder heraus. Alles wie in Trance. Irgendwann bin ich in Ohnmacht gefallen und im Krankenhaus wieder aufgewacht. Über mir das Gesicht eines Mannes im weißen Kittel. „Alles wird gut. Sie haben Glück gehabt."

„Das würde ich auch so sehen", sagte der Mann. „Und vor Ihnen muss man den Hut ziehen. Respekt! Das war sehr, sehr mutig. Sie haben ihr Leben aufs Spiel gesetzt. Einem Lebewesen, in diesem Fall einem Vierbeiner, einen höheren Stellenwert eingeräumt als Ihnen selbst. Und nicht zuletzt dem persönlichen Hab und Gut, das den Flammen zum Opfer gefallen ist. Bestimmt haben sie sehr viele Gegenstände eingebüßt. Ich gehe davon aus, die Dame wusste Ihre Entscheidung zu schätzen, in diesem

Gewissenskonflikt nicht andere Prioritäten gesetzt zu haben. Darf man nach der Brandursache fragen?"

„Eine Zigarette", sagte die Frau und hatte offensichtlich Mühe, die Schilderung fortzusetzen. „Die Dame war Kettenraucherin, so an die dreißig „Gauloises" täglich. Man kannte sie nur mit Glimmstängel in der Hand, vor allem nach Feierabend. Der Fernseher lief, sie saß in ihrem Ohrensessel. Den Rest können Sie sich denken."

„Aha! Vermutlich eingenickt und nichts bemerkt", sagte der Mann und zog vielsagend die Augenbrauen nach oben. „Kommt leider ziemlich häufig vor und geht selten gut aus. Ich kenne viele Fälle aus meiner juristischen Praxis. Da geht es oft um hohe Schadensersatzforderungen, die an die Versicherungen gestellt werden. Gutachten von Sachverständigen müssen eingeholt werden, um die Brandursache aufzuklären. Die Versicherungen zahlen keine Reparationen, wenn die Sache selbst verschuldet ist. Ich hoffe, Ihre Vermieterin hatte ein gute Immobilienversicherung."

„Nein, das glaube ich nicht. Obwohl ich nur spekulieren kann, wie die Sache in dieser Beziehung für sie ausgegangen ist. Soviel ich weiß, ist sie mit dem Kater und dem Rest der Katzen zu einer Freundin aufs Land gezogen, die ebenfalls eine Katzenliebhaberin war. Dort ist sie nach zwei Jahren verstorben. Was mich betrifft, so war ich ein halbes Jahr in ärztlicher Behandlung und habe danach den Studienort gewechselt. Ich bin nach London gegangen. Dort lebte eine der Schwestern meines Vaters, eine sehr liebe und mütterliche Person. Sie hat mich sofort bei sich aufgenommen, und ich habe neben Philosophie das studiert, was mich immer schon interessierte, Psychologie und Psychoanalyse."

Nach außen hin wirkte der Mann ruhig und gefasst. Seine Mimik verriet nicht im geringsten, welche Gedanken und Gefühle die Schilderung in ihm ausgelöst hatte. Die selbst auferlegte Rolle zwang ihn jedoch dazu, zurückhaltend zu bleiben und nicht mehr Anteilnahme zu zeigen als es dem Gebot der Höflichkeit entsprach.

„Kompliment", sagte er. „Sie sind eine tapfere Frau. Und das Schicksal wie so oft gnadenlos. Es sucht sich sein Opfer nach merkwürdigen Kriterien aus. Was Ihnen widerfahren ist, hat mich zutiefst berührt. Wahrscheinlich kann ich mir nicht ansatzweise vorstellen, was Sie durchgemacht haben. Gleichzeitig kann man konstatieren, dass auch in diesem Fall das vielgepriesene Glück im Unglück zum Tragen gekommen ist, wenn ich es so lapidar ausdrücken darf. Die Sache hätte schlimmer ausgehen können."

Es waren die üblichen Floskeln, derer man sich bediente, um anderen Menschen Trost zu spenden, wenn in der Hilflosigkeit der Situation die absolut treffenden Worte fehlten. Die Frau nahm sie zur Kenntnis und nickte. „Ja, Sie haben Recht. Glück im Unglück. So kann man es nennen. Es ist nicht jedem Menschen beschieden."

„Darf ich Ihnen nachgießen?" Die Frau nickte. Die Stimmung hätte entspannter sein können. „Auf das Glück! Keine Macht dem Unglück! Verschwenden Sie keinen Gedanken daran! Das ist jedenfalls der Rat eines älteren Herrn, mit dem das Leben auch nicht immer sanft umgegangen ist. Auf die Zukunft! Auf sorglosere Zeiten!"

Der Mann blickte ihr in die Augen. Wenn sie wüsste, was er wusste! Seit einer guten halben Stunde hatte er vollkommene Gewissheit. Auch der letzte Zweifel war ausgeräumt. Hoch lebe der Zufall, den er sich herbeigewünscht hatte. Gerade in dem Moment, als sich die Frau im Bord-Bistro befand, war er ihm zu Hilfe gekommen. Das Ehepaar, das in ihrer Abwesenheit für kurze Zeit den Tisch vereinnahmt hatte, machte Anstalten, den Platz zu räumen und die Utensilien in einer Tasche zu verstauen. Dabei fiel ein Gegenstand zu Boden. Der ältere Herr hatte ihn mit seinem Rucksack gestreift und das Malheur nicht bemerkt. Ihm allerdings war von seinem Platz gegenüber die Sache nicht entgangen, schon wegen des dumpfen Geräusches. Kaum hatten die Herrschaften das Abteil verlassen, war er aufgesprungen. Er musste sich etwas verrenken, um das Buch aufzuheben. „Ludwig Wittgenstein – philosophische Untersuchungen." Eine Postkarte war herausgefallen, offensichtlich ein Lesezeichen. Auf der Vorderseite Fotos aus dem Salzkammergut, eine Seenlandschaft, Mondsee, Attersee, wie er mit einem Blick erfasste. Offensichtlich ein Urlaubsgruß. Auf der Rückseite die gut leserliche Schrift in Druckbuchstaben. „An Frau Dr. Cosima Lilienfels". Dazu das Datum: 17. August 1969. Er hatte noch kurz überlegt, ob er die Karte ... Aber nein, es wäre Diebstahl. Das konnte er nicht machen. Daraufhin hatte er die Ansichtskarte in das Buch gesteckt und an den ursprünglichen Platz zurückgelegt. Niemand außer ihm hatte etwas gesehen. Die Fahrgäste der umliegenden Plätze befanden sich nicht im Abteil.

„Ein Glück, dass aus Ihnen eine Psychologin geworden ist", sagte der Mann. „Womit ich nicht sagen will, dass bei dieser Tätigkeit einwandfrei funktionierende Hände keine Rolle spielen würden. Ich versuche mir gerade auszumalen, was es für Folgen gehabt hätte, wenn Sie eine Musikerin wären, Pianistin, Cellistin, Harfinistin... Das wäre aus meiner Sicht eine menschliche Tragödie gewesen."

Die Frau lachte, etwas zu schrill und zu gekünstelt, sodass der Nebentisch aufmerksam wurde und zu ihr herüberblickte. „Ja, das wäre die absolute Katastrophe gewesen", sagte sie und blickte kurz zum Fenster hinaus. „Nein, mit einem Instrument hatte ich noch nie etwas im Sinn. Schon als Kind waren alle Bemühungen umsonst gewesen, mich für ein Instrument zu begeistern. Ich bin total unmusikalisch, auch die Stimme taugt nicht viel. Was nicht heißt, dass mir Musik im Leben nicht wichtig ist. Ich würde mich als eher passiv konsumierend bezeichnen, wenn es um dieses Thema geht. Ich besuche regelmäßig Opern und Konzerte, habe eine Vorliebe für Schubert und Bach, Beethoven und Tschaikowsky, auch bin ich eine Anhängerin der Werke Gustav Mahlers und habe mit zunehmendem Alter eine echte Leidenschaft für Richard Wagner entwickelt, also nicht unbedingt die leichte Muse, wie Sie sehen. Gesang praktiziere ich nur im stillen Kämmerlein. Alles andere wäre ein großes Wagnis. Oder eine Zumutung für die Umgebung. Der Mensch muss seine Grenzen kennen. Oder nicht?" Sie lachte, diesmal etwas natürlicher. „Und wie sieht es bei Ihnen aus? Spielen Sie ein Instrument?"

„Ein wenig Geige, so recht und schlecht. „Nur zum Zeitvertreib. Kein Virtuose, um ganz ehrlich zu sein. In diesem Punkt stimmen wir komplett überein. Obwohl ich zugeben muss, auch passiv nicht der leidenschaftliche Musikliebhaber zu sein. Ich halte es mehr mit der Kunst, besuche regelmäßig Ausstellungen und greife auch selbst des öfteren zu Pinsel und Farbe. Aber alles Mittelmaß, nichts was den üblichen Rahmen sprengt. Künstler gibt es wie Sand am Meer, jeder kann sich heutzutage als solchen bezeichnen, wenn er ein wenig herumkleckst. Aber das ist in Ordnung, solange man ihn deshalb nicht bewundern muss. Oder mit horrenden Summen bezahlen, damit er sich eine goldene Nase verdienen kann."

Eine Weile herrschte Schweigen. Jeder versuchte, dem anderen mit Blicken auszuweichen. Die Frau wirkte nervös. Sie suchte in ihrer Handtasche nach irgendetwas, offensichtlich einer Zigarette, hielt die Schachtel unschlüssig in der Hand, legte sie wieder zurück, kramte etwas anderes hervor, einen Zettel, dann einen Stift, machte eine kurze Notiz, alles etwas fahrig, und allem Anschein nach nicht mehr als der hilflose Versuch, beschäftigt zu sein und die Gedanken in andere Bahnen zu lenken.

Der Mann beobachtete sie, teils amüsiert, aber auch mit einem Gefühl tiefen Mitleids. Und plötzlich war ihm, als wäre alles gestern gewesen, als ob das Rad der Zeit sich nicht weiter gedreht hätte. Ihm gegenüber saß eine junge Frau von siebzehn Jahren, deren Herz nur für die Musik schlug, die eine Laufbahn als Pianistin anstrebte, um ihren Lebenstraum zu verwirklichen. Die so fanatisch war, als gäbe es außer Musik und Klavierspiel nichts anderes, was dem menschlichen Dasein Sinn geben könnte. „Nur wenn ich Klavier spiele, lebe ich". So hatte sie oft gesagt. Er hatte darüber gelacht, es für eine absurde Äußerung, eine überspitzte Phrase einer ganz und gar überkandidelten Person gehalten. Wie so vieles an ihr, über das er nur den Kopf schütteln konnte. Und nun? Aus und vorbei. Alle Illusionen dahin, Hoffnungen und Träume durch eine Laune des Schicksals zerstört. Grausam, unbarmherzig. Der dunkle Faden, der sich von Anfang an durch ihr Leben zog, von dem er lange Zeit nicht die geringste Ahnung hatte, er hatte ihr mit einem Schlag einen Strich durch die Rechnung gemacht.

Er spürte einen Kloß in der Kehle. Die Frau war ihm so nahe wie nie zuvor. Als hätten sie sich nicht getrennt, nur für einen kurzen Zeitraum auseinander bewegt und dann wieder gefunden, so war ihm zumute. Mit einem gravierenden Unterschied. Die Rollen waren nun vertauscht. Der auf allen Gebieten unterlegene Schüler, der diesem Mädchen nicht annähernd das Wasser reichen konnte, er existierte nicht mehr. Und sie, die Schülerin, die er mit ihrer unantastbaren Ausstrahlung wie auf einem Podest stehend wahrgenommen hatte, sie war auf einmal eine ganz normale, sehr verletzliche Frau, vom Schicksal gebeutelt, schutzbedürftig, und damit auf einer Ebene, die ihm die Kommunikation mit ihr erleichterte. So wie er sie in diesen Minuten erleben durfte, so hatte er sie früher nicht wahrgenommen. Nie hatte sie ihm etwas Persönliches mitgeteilt, nie seinen Rat gesucht, seine Meinung hören wollen, sodass er sich oft völlig überflüssig vorgekommen war. Der Verlust der Mutter wäre für sie nicht tragisch gewesen. Das hatte sie ihm bei so mancher Gelelgenheit erzählt. Sie hätte sie ohnehin nicht geliebt. Dass sich der Vater nie um sie kümmerte, wäre ein Vorteil, da sie dadurch mehr Freiheiten genießen könne. So ihre Darstellung. Alles erlogen, wie ihm später zu Ohren gekommen war. Im Gegenteil, Familiendramen hätten sich abgespielt. Sie hatte kein Wort darüber verloren, sich ihm gegenüber nie geöffnet. Einen Blick in ihre Seele zu werfen, war ihm nicht erlaubt gewesen. Sie blieb ihm fremd, bis zu dem Tag, an dem sie sich von ihm getrennt hatte.

XIII

„Ich versuche mir gerade auszumalen, der Zug würde hier auf diesem Bahnhof fest stecken und die Reisenden wären dazu verdammt, in diesem gemütlichen Ambiente sich die Nacht um die Ohren schlagen zu müssen", sagte die Frau. „Wäre mal eine ganz neue Erfahrung. Schon merkwürdig, dass keine Durchsage kommt und man uns im Ungewissen lässt. Das gibt zu Spekulationen Anlass." Sie beugte sich etwas näher zu ihrem Gegenüber, damit keiner mithören konnte. „Wissen Sie, was ich gerade denke? Der Suizid war vielleicht gar keiner, sondern ein Mord. Ein als Suizid getarnter Mord. Nicht auszuschließen, dass die Personen im letzten Wagen etwas damit zu tun hatten. Erinnern Sie sich? Heute morgen wurden zwei von ihnen festgenommen. Vielleicht handelte es sich um eine kriminelle Bande, einen Familienclan, der eine interne Angelegenheit auf diese Weise regeln wollte. Wäre nicht das erste Mal, dass jemand aus dem

Weg geräumt werden muss, um die Familienehre wieder herzustellen. Die Spurensicherung dauert schon viel zu lange. Finden Sie nicht auch? Möglicherweise eine viel kompliziertere Geschichte, als es den Anschein hat. Kennen Sie den Film „Mord im Orientexpress"? Da gibt es Parallelen."

„Und ob ich den gesehen habe!" sagte der Mann. „Wenn ich mich recht erinnere, sogar zweimal. Sehr beeindruckender Film nach dem Roman von Agatha Christie. Überwältigende Kulisse, großartige Schauspieler, perfekt konstruierte Handlung. Zwölf Personen, entsprechend zwölf Geschworenen, die den Entschluss fassen, einen Mord beziehungsweise eine Kindesentführung zu rächen, und ihn in diesem Luxuszug erfolgreich in die Tat umsetzen. Ein Passagier stirbt an mehreren Stichverletzungen. Es sieht zunächst nach nur einem Täter aus, dabei waren es zwölf. Jeder hatte einen Grund, mit dem Ermordeten abzurechnen. Bei der Aufklärung des Falles hätte man im Kino eine Stecknadel fallen hören können. So gebannt war man als Zuschauer von dem Showdown, in dem sich alles wie ein Mosaik zusammenfügte. Der Kommissar – wie hieß er doch gleich?"

„Hercule Poirot", sagte die Frau.

„Richtig! Ich erinnere mich. Amüsanter Typ mit Zwirbelbart, eine Art Sherlock Holmes. Und Sie sehen da Zusammenhänge? Sie meinen, auf unsere Situation übertragen, der Vorfall auf der Zugtoilette erscheint nur auf den ersten Blick als Suizid? Darauf wäre selbst ich als Jurist nicht gekommen. Alle Achtung vor Ihrem kriminalistischen Spürsinn! Sie sind eine äußerst spitzfindige Privatdetektivin. Noch dazu eine höchst attraktive. Wenn ich mir die Bemerkung erlauben darf. Das macht sie ausgesprochen sympathisch."

„Danke", sagte die Frau, und ein Lächeln überzog ihr Gesicht, das sie um einige Jahre jünger aussehen ließ. Die Haut nahm einen rosigen Schimmer an, die hervorstechenden Lippen wirkten eine Spur gedämpfter. Der Mann betrachtete sie mit zunehmendem Interesse. Im Vergleich zu anderen Personen ihres Alters hatte sie sich gut gehalten. Ihr gepflegtes Aussehen, ihr Kleidungsstil waren ihm gleich am Anfang positiv aufgefallen. Auch das Parfum war unaufdringlich, irgendwie undefinierbar, eine Mischung aus Sandelholz und Limette. Es passte perfekt zu ihrem Typ, der dadurch etwas weniger streng wirkte. Ein paar Kilos mehr könnten nicht schaden, dachte er für sich. Sie wirkte ausgemergelt, zu knochig für ihr Alter. Die Körperhaltung war gut, sie hatte einen aufrechten, geschmeidigen Gang, graziös wie eine Gazelle, was sie sehr jugendlich erscheinen ließ, und nicht zuletzt hübsche, wohlgeformte Beine, wovon er sich vor einer halben Stunde hatte überzeugen können. Nicht das Geringste war an ihr auszusetzen. Angenommen, er wüsste nicht, wen er vor sich hatte, es würde ihn nichts daran hindern, diesem Frauentyp Aufmerksamkeit zu schenken und sein Interesse deutlicher zu zeigen.

Draußen war es dunkel geworden. Immer dichtere Nebelschwaden umhüllten den Bahnsteig und seine Umgebung. Innerhalb weniger Minuten war nicht mehr viel von ihm zu erkennen. Das spärliche Licht der Bahnhofslaternen sorgte für eine gespenstische Atmosphäre. Ab und zu tauchten schemenhaft Personen auf, die entweder im vorderen Zugteil verschwanden oder von der Dunkelheit verschluckt wurden.

„Personenkontrolle! Ihre Personalausweise bitte vorzeigen!" Zwei deutsche Polizeibeamte hatten das Erste-Klasse-Abteil betreten und stellten ihre Autorität mit erkennbarer Amtsmiene zur Schau. Der Mann zeigte zuerst seinen Ausweis, danach die Frau. Alles passierte stumm, ein kurzer Blickkontakt, keine Nachfragen, zufriedenes Kopfnicken. Die Namen standen auf dem Papier, nicht im Raum, wie zu befürchten war. Der Mann schmunzelte, die Frau atmete auf. Fragen der Fahrgäste nach dem Stand der Dinge, vor allem nach der Weiterfahrt des Zuges wurden mit einem Kopfschütteln beantwortet. Die Unsicherheit blieb.

Die Frau wandte sich wieder ihrem Gesprächspartner zu. „Ich lese zwar keine Krimis, nicht unbedingt mein Genre, was Literatur betrifft", sagte sie, „aber es fasziniert mich immer wieder, wie komplex ein Tatbestand sein kann und die Fakten nach allen Richtungen hinterfragt werden müssen. Es braucht viel Menschenkenntnis und ein gutes Gespür, um hinter die Fassade einer Person zu blicken, die zunächst unverdächtig erscheint. Übrigens nicht nur, wenn es um kriminelle Machenschaften geht. Auch im normalen Leben muss man ständig auf der Hut sein, fremden Menschen und deren Taktik nicht auf den Leim zu gehen. Ist man zu vertrauensselig, kann man üble Erfahrungen machen. Mir ist dies jedenfalls schon oft passiert. Ich bin einfach zu emotional, lasse mich mehr von meinem Gefühl leiten, anstatt auf den Kopf zu hören. Bei Ihnen und Ihrem juristischen Sachverstand hingegen schließe ich Erfahrungen in dieser Richtung aus. Oder haben Sie sich auch schon mal in einem Menschen getäuscht, mal ganz ehrlich?"

„Nein, eigentlich nicht", sagte der Mann. „In dieser Beziehung hatte ich wohl Glück."

„Das könnte ich von mir nicht behaupten. Der Tatbestand von Täuschung und Enttäuschung durchzieht mein ganzes Leben. Auf jede Täuschung folgte eine Enttäuschung. Ich bin wohl der Prototyp dieses Verhaltensmusters. Ich kenne Menschen, bei denen es kontinuierlich bergauf geht, manchmal sogar sehr steil, und die Kurve niemals abfällt. Ich dagegen habe immer ein Auf und Ab erlebt, eine Berg-und Talfahrt sozusagen. Immer bin ich an die falschen Menschen geraten, es folgten die falschen Entscheidungen, die herben Enttäuschungen, das Unglück. Ich habe mich daran gewöhnt. Allerdings versuche ich mit zunehmenden Jahren, mehr zu analysieren und mich nicht vom ersten Eindruck blenden zu lassen."

Es kam selten vor, dass dem Mann, der aufmerksam zugehört hatte, die Worte fehlten, um auf eine Aussage zu reagieren. In diesem Moment schien es so. Täuschung, Enttäuschung, Unglück. Irgendwie hatte er das Gefühl, der Sachverhalt war auf ihn gemünzt. Konnte man in der Mimik der Frau nicht Spuren von Ironie erkennen, einen süffisanten Zug um die Mundpartie? Sie starrte ihn an, kniff die Augen leicht zusammen und betrachtete ihn mit schelmischem Blick. Hatte sie ihn ebenfalls erkannt und wollte mit diesen Andeutungen dem Katz-und Mausspiel eine Pointe aufsetzen? Nichts deutete wirklich darauf hin. Also kein Grund, sich betroffen zu fühlen. Eine flapsige, heitere Bemerkung, und er würde dem Gespräch den Ernst nehmen. „Na, da habe ich mir ja etwas Schönes eingebrockt", sagte er. „Mir gegenüber sitzt eine Psychologin mit Röntgenblick, die das Talent hat, jeden Menschen zu durchleuchten und eventuell zu dem Ergebnis kommt, dass sich hinter der Maske ein ganz anderer verbirgt, so nach dem Motto Dr.Jekyll und Mr.Hide". Der Mann räusperte sich kurz, zupfte sich an den Ohrläppchen und schlug das rechte über das linke Bein.

„Theoretisch möglich", sagte die Frau. „Auch ich könnte eine andere sein als die, die ich vorgebe zu sein, oder für die Sie mich halten. Ich könnte eine Rolle spielen mit dem Ziel, einen Eindruck zu erwecken, der in meinem Interesse liegt. Man kann nie wissen, welche Absicht sich im Kopf eines anderen Menschen verbirgt. Rein theoretisch gesprochen."

„Das wäre in der Tat für mich eine große Enttäuschung", sagte der Mann und griff nach seinem Glas. „Allen Spekulationen zum

Trotz wollen wir davon ausgehen, dass wir beide durch und durch authentisch sind und uns gegenseitig nichts vormachen. Was mich betrifft, so versichere ich Ihnen, dass sich hinter meiner Maske kein zweites Ich versteckt. Ich bin und bleibe der, der Ihnen gegenübersitzt. Darf ich betonen, dass ich es wunderbar finde, dass wir uns auf dieser Reise begegnet sind? Falls wir uns in diesem Zug auch noch die Nacht um die Ohren schlagen müssten, können wir im Gegensatz zu den allein reisenden Fahrgästen die angenehmen Seiten der Zweisamkeit genießen. Ich stelle Ihnen gerne meine starke Schulter zum Anlehnen zur Verfügung. Und wenn nicht das halbe Abteil schnarcht, könnte ich mir vorstellen, dass die Nacht durchaus ihre erfreulichen Seiten hat. Nehmen Sie mir bitte nicht übel, wenn meine Gedanken diesbezüglich etwas abschweifen und ich etwas zum Ausdruck bringe, was mir eigentlich nicht zusteht. Er lachte und zwinkerte der Frau vielsagend zu. „Vorher müsste allerdings für unser leibliches Wohl gesorgt werden, sonst knurrt uns der Magen, und wir kommen nicht zur Ruhe. Und nach einer Pause: „Für den Fall der Fälle könnte ich mir jedoch eine bessere Lösung vorstellen. Sie wäre es meines Erachtens wert, ins Auge gefasst zu werden."

„Eine bessere Lösung? Hier in diesem Zug?"

„Nein, nicht hier. Ich kenne in der Nähe ein kleines Hotel. Nichts Luxuriöses, aber die Küche ist ausgezeichnet. Es wäre eine Möglichkeit, dem Spuk zu entrinnen und den kommenden Stunden etwas Sinnvolles abzugewinnen. Dies setzt voraus, dass es uns gestattet ist, den Zug zu verlassen. Ich habe die Telefonnummer in meinem Notizbuch. Falls Sie heute Abend nicht einen dringenden Termin wahrnehmen müssen, könnten wir uns morgen früh einen Wagen mieten und gemeinsam nach Zürich fahren. Meine Tochter ist bereits in Kenntnis gesetzt, dass wir eine massive Verspätung haben und alles unsicher ist. Sie lebt in Zürich, und ich wollte heute bei ihr übernachten. Ein kurzer Anruf, und sie weiß Bescheid. Also, ich habe keinerlei Verpflichtungen, wie Sie sehen, und stünde Ihnen zur Verfügung. Vorausgesetzt, dass Sie ebenfalls meinen Vorschlag gutheißen würden."

„Nein, ich habe keinen Termin", sagte die Frau. „Aber ich denke, die Entscheidung wird uns in den nächsten Minuten abgenommen. Ich gehe fest davon aus, dass die Fahrt fortgesetzt werden kann. Höchste Zeit, dass eine Durchsage kommt."

„Lassen wir uns überraschen, was die Macht des Schicksals mit uns vorhat", sagte der Mann mit einem Augenzwinkern und schlug das linke über das rechte Bein. Die Zähne blitzten, die Grübchen wirken noch tiefer, und er widmete sich kurz dem rechten Ohrläppchen, indem er es mit Daumen und Zeigefinger wenige Sekunden massierte. „Ich würde mich jedenfalls sehr freuen, wenn es mir vergönnt wäre, unsere angeregte Unterhaltung noch für einige Stunden fortzusetzen. Auf Ihr Wohl, Frau Karasek!"

„Auf Ihres, Herr Hoflehner!"

XIV

Weitere Minuten vergingen, die Informationen blieben aus. Alles, was man wusste war, dass sich im vorderen Zugteil ein Vorfall ereignet hatte, dessen Umstände rätselhaft waren und auf ein Selbstmorddelikt hindeuteten.

Der Mann blätterte in seinem Notizbuch, nahm sein Handy aus der Aktenmappe und telefonierte. Ja, es wären noch Zimmer für die kommende Nacht verfügbar. Auch zwei Plätze im Restaurant könne man reservieren. Man würde sich freuen, Personen des gestrandeten Zuges als Gäste begrüßen zu dürfen. Die Rundfunkmeldung, dass im Zug ein Mord passiert wäre, hätte bereits das gesamte Dorf in Unruhe versetzt. Zwei bis drei Personen wären angeblich beteiligt gewesen, eine davon, wahrscheinlich männlich, auf der Flucht. Schreckliche Sache. Man wünsche den Fahrgästen im Zug eine gute Weiterfahrt. Sollte es nicht dazu kommen, würde man gerne die Reisenden im Hotel beherbergen. Es wären noch Kapazitäten frei.

„Die Leute da draußen wissen mehr als wir", sagte der Mann. „Eigentlich eine Zumutung, uns im Unklaren zu lassen. Was sich im Zug wirklich abgespielt hat, werden wir erst morgen aus der Zeitung erfahren. Falls uns die Sache dann überhaupt noch interessiert. Aufrichtig gesagt, berührt es mich wenig, wer wen, warum und auf welche Weise um die Ecke gebracht hat. Suizid hin oder her, egal. Ich will hier nur raus und für diese Gräueltat nicht auch noch in Mitleidenschaft gezogen werden. Wenige Kilometer entfernt wartet ein Hotel in ruhiger Lage mit guter Verpflegung auf uns. Ich rechne fest damit, dass wir den Zug verlassen können, sollte die Fahrt auf diesem Bahnhof beendet sein. Keine Ahnung, warum die Durchsage so lange auf sich warten lässt. Über uns kreisen Polizeihubschrauber. Gut möglich, dass der oder die Täter auf der Flucht sind."

„Der Tatzeitpunkt ist jedenfalls gut gewählt. Kurz vor Einbruch der Dunkelheit", sagte die Frau. „Nicht auszuschließen, dass sich die Täter im Zug versteckt halten und wie wir auf das Signal zur Weiterfahrt warten. In Zürich hätten sie leichtes Spiel, im Getümmel der Menschen auf den Bahnsteigen unterzutauchen."

„Das wird ihnen die Polizei nicht so leicht machen. Ich rechne mit einem großen Aufgebot an Ordnungshütern, die Schusswaffen im Anschlag. Ein weiterer Grund für uns, den Zug zu verlassen. Man kommt sich allmählich wie ein Gefangener vor, der für die Straftaten anderer büßen muss. Irgendwie kafkaesk die ganze Situation."

Die Frau wirkte überraschend ruhig und gefasst, was sie selbst mit großem Erstaunen zur Kenntnis nahm. Beide Hände lagen auf ihrem Schoß, fest ineinander gefaltet, die Finger leicht verkrampft, aber unauffällig. Sogar die Rötung war leicht zurückgegangen. Sie müsste lügen, würde ihr die Initiative des Mannes, dem Abend eine Perspektive zu geben, missfallen. Sie war beeindruckt, mit welcher Entschlossenheit er die nötigen Schritte einleitete, anstatt fatalistisch sich dem trostlosen Geschehen zu fügen. Er war ein Gentleman, unterhaltsam, charmant, mit Sinn für Witz und Humor. Wenn sie nicht wüsste, um wen es sich bei ihm handelte, könnte sie sich vorstellen, einem nächtlichen Abenteuer gegenüber nicht abgeneigt zu sein. Die Gespräche mit ihm hatten Substanz, auch wenn er ihrer Meinung nach bei so manchen Themen den sachlichen, am Buchstaben des Gesetzes orientierten Juristen vorkehrte. Objektiv betrachtet, musste man zugeben, er war ein äußerst viriler Mann, attraktiv, gepflegt, der es offensichtlich darauf anlegte, sich der Wirkung auf das andere Geschlecht bei jeder Gelegenheit versichern zu müssen. Es hatte mit ihr persönlich nicht das geringste zu tun. Sie musste sich nur davor hüten, dem Geschehen eine tiefere Bedeutung beizumessen, Ein harmloser Flirt war es, nicht mehr und nicht weniger. Als Frau Mitte sechzig war sie mit Sicherheit nicht seine Zielgruppe. Er liebte es, Frauen den Kopf zu verdrehen, genauso wie früher, aber mittlerweile bestimmt solchen, die genau so gut seine Tochter sein könnten. Reiner Zufall, dass ausgerechnet sie in den Genuss seiner Charmeoffensive kam. Es hätte auch eine andere Person sein können, wäre eine in

Sichtweite gewesen. Nun war es also sie, ausgerechnet sie. Zugegeben, es schmeichelte ihr.

Die Frau schwankte zwischen Vernunft und einem Bauchgefühl, das ihr riet, den Prinzipien, nach denen sie ihre Entscheidungen traf, untreu zu werden und sich ganz der Situation des Augenblicks hinzugeben, wenn er denn so käme. Wie viele dieser Augenblicke würden noch kommen? Ihre Tage waren gezählt. Warum sollte sie sich nicht einem Mann hingeben, der den Akt der Zweisamkeit mit Sicherheit zu einem intensiven und nachhaltig wirkenden Erlebnis werden ließ? Sie konnte den Abend mit ihm verbringen, ohne sich etwas zu vergeben, egal, in welche Richtung es ging. Vielleicht blieb es bei einer angeregten Unterhaltung, vielleicht auch nicht. Man würde sehen. Bestimmt wollte er mehr. In dieser Hinsicht war er sicher nicht anders als andere Männer. Und sie? Sie würde möglicherweise nicht widerstehen können. Warum auch? Warum sollte sie auf etwas verzichten, was vielleicht nie mehr kam? Was sie sogar bedauern würde? Hemmungen? Nein, die brauchte sie nicht zu haben. Ihr Körper war makellos, viel jünger im Vergleich zu anderen Frauen ihres Alters, die Nacktheit dank einiger gelungener Brust-Operationen keine unüberwindbare Hürde. Wie überhaupt in reiferen Jahren für sie alles weniger problematisch war als in der Jugend, in der stets die Hemmungen überwogen, die Angst vor allen möglichen Konsequenzen, die sie verkrampft und unsicher erscheinen ließen. Sie war nicht prüde und durchaus in der Lage, einen Mann nach allen Regeln der Kunst zu verführen. Auch an diesem Abend würde sie alles daran setzen, dem Partner die gemeinsamen Stunden zu einem unvergesslichen Erlebnis zu machen. Was zwischen ihnen stand, sich in ihrer Seele fest eingegraben hatte, es würde keine Rolle spielen. Später, vielleicht am nächsten Morgen würde sie die Maske fallen lassen. Vielleicht auch nicht. Es kam auf die Situation an. Sie hatte mit ihm eine Rechnung zu begleichen. Nur darum ging es.

Und sie war nicht Cosima Lilienfels. Das machte ihr die Sache leicht. Nur unter dem Deckmantel einer anderen Identität konnte sie über ihren Schatten springen. Es kostete nicht viel Mut, sich aus den Zwängen des Korsetts zu befreien, es abzustreifen wie ein hinderliches, lästiges Teil. Hatte sie sich der Fesseln entledigt, war sie in der Lage, sich in eine frivole Person zu verwandeln, die sich sexy genug fühlte, das Spiel zwischen Mann und Frau zu spielen mit allem, was dazugehörte, wenn der Partner dazu bereit war. Es brauchte keine Überwindung, die Zweifel aus ihrem Hirn zu verbannen, die sie daran hindern würden, sich mit aller Leidenschaft auf dieses Spiel einzulassen.

Die Frau spürte, wie ihr das Blut in den Kopf schoss. Mit ihren Gedanken war sie weit weg. Nicht mehr in diesem Zug, in diesem Abteil, aus dem es scheinbar kein Entrinnen gab. Sie war in einem Raum, den sie nicht kannte, doch genau vor sich sah. Die Vorhänge zugezogen, schwache Beleuchtung, dekadenter Geruch. Auf dem ausladenden Bett eine Steppdecke, die schon bessere Zeiten gesehen hatte. Ehemals purpurrot, jetzt verwaschen und verblichen. Wie viele Körper mochten sich unter ihr verkrochen oder auf ihr geräkelt haben? Alte, junge, korpulente, attraktive, von der Natur weniger begünstigte? Als Zeugin der intimen Vorgänge könnte die Decke viel erzählen. Aber sie schwieg. Man konnte es nur erahnen. Rot! Die Farbe der Liebe! Junge Paare, die sich auf der Decke aalten, unter ihr kuschelten, um sich ihrer Leidenschaft hinzugeben, sie waren sicher in der Mehrzahl. Ältere dagegen eher zurückhaltend oder total abgeneigt, wenn es um Sex ging. Das erotische Abenteuer unter der Bettdecke interessierte sie schon lange nicht mehr. Sie hatten sich mehrheitlich von den Freuden der körperlichen Vereinigung verabschiedet. Die untere Hälfte war ein schambesetztes Gebiet, das man vor dem Partner versteckte. Was unter der Bettdecke lief, war kaum der Rede wert. Erektion? Coitus? Orgasmus? Fremdwörter, die man aus seinem Vokabular gestrichen hatte. Man zog sich die Decke über den Kopf, legte sich auf die andere

Seite und wollte seine Ruhe haben. Der alte Mann würde vor dem Schlafengehen sein Gebiss heraus nehmen, die Brille auf das Nachtkästchen legen, die Frau das Haarnetz über das schüttere, dauergewellte Haar stülpen. Erotik auf Null geschaltet. Die Steppdecke konnte noch so rot sein, von ihr ging kein Impuls mehr aus. Man kroch darunter und wünschte sich im besten Fall eine gute Nacht.

Merkwürdig, dass der Anblick eines Bettes regelmäßig wie auf Knopfdruck Erinnerungen in ihr wach rief, die weit in die Kindheit hinein reichten. Aus der Tiefe des Unterbewusstseins tauchten sie auf und waren so präsent, als würden nicht fünfzig Jahre oder mehr dazwischen liegen. In allen Einzelheiten hatte sie ein Bild vor Augen, eine Szene, die sich auch hier in diesem Raum abgespielt haben könnte, nur mit dem Unterschied, dass sie den Vorfall nicht mehr aus der Perspektive eines Kindes, sondern der einer erwachsenen Frau betrachten konnte.

Es war im Jahr 1951. Sie war elf Jahre alt, als ihr etwas widerfuhr, was sie als äußerst verstörend empfand und lange Zeit nicht verarbeiten konnte. Wie so oft hatte sie schlecht geschlafen, unruhig geträumt und mitten in der Nacht Zuflucht bei den Eltern gesucht. Das Schlafzimmer befand sich am anderen Ende des Flures. Schon von weitem hörte sie Geräusche, die sie als Jammern und Stöhnen wahrnahm, unterbrochen von kurzen Schreien, wie man sie im Zustand höchster Schmerzempfindung ausstößt. Sie öffnete die Tür einen winzigen Spalt. Was sie sah, war ungewohnt und angsteinflößend. Vater und Mutter im Zustand höchster Intimität, der Vater keuchend, die Mutter unter ihm, schrille Schreie ausstoßend, die Beine um seinen Rücken geschlungen. In Panik hatte sie die Türe aufgerissen und war in den Raum gestürzt. Der ungeliebte Vater würde der Mutter etwas antun, so hatte sie befürchtet, und sie musste helfen. „Mama! Mamaaa!" Die Antwort hatte sie getroffen wie der Blitz.

„Raus! Was fällt dir ein! Verschwinde!" So hatte sie ihre Mutter noch nie erlebt, eine Vertrauensperson, an der ihr ganzes Herz hing. Ausgerechnet sie hatte das Kind aus dem Zimmer geworfen. Ohne Erklärung, ohne Trost. Weinend war sie zurück geschlichen, hatte sich die Bettdecke über den Kopf gezogen, am ganzen Körper geschlottert und ihr Kopfkissen patschnass geheult.

Am nächsten Morgen folgte die eigentliche Strafe. Man ignorierte sie. Auf Fragen gab es keine Antwort. Stillschweigend wurde das Frühstück eingenommen. Wortlos hatte man ihr einen Teller mit einem Marmeladenbrot hingeschoben. Himbeermarmelade ohne Butter. Jeder senkte den Blick nach unten. Der Vater schwieg, die Mutter würdigte sie keines Blickes. So wie immer, wenn sie etwas angestellt hatte. Das kannte sie schon. Liebesentzug, schlimmer als körperliche Gewalt. Es war eine Maßnahme, mit der man eine Entschuldigung ihrerseits erzwingen wollte. So auch in diesem Fall. Sie kam ihr schwer über die Lippen.

Die kindliche Welt war danach nicht mehr dieselbe. Das Schlafzimmer der Eltern wurde jede Nacht abgeschlossen. Manchmal hatte sie die Neugierde übermannt, und sie hatte heimlich durch das Schlüsselloch geschaut oder an der Türe gelauscht. Einmal war sie dabei erwischt worden. Daraufhin war die Türe ihres Zimmers Nacht für Nacht abgeschlossen worden, bis sie eines Nachts regelrecht durchgedreht hatte. Sie musste dringend auf die Toilette, hatte ihr Bett eingenässt und sich in einen psychischen Anfall hineingesteigert, eine Stunde gegen die Türe getrommelt und sich die Seele aus dem Leib gebrüllt. Die Erwachsenen hatten nichts Besseres zu tun, als ihr ein Medikament zu verabreichen, damit sie sich beruhigen konnte. Das hatte sie den Eltern lange Zeit nicht verziehen.

Der Anblick der kopulierenden Eltern war ein Schlüsselerlebnis für sie gewesen, das ihre Persönlichkeit, vor allem ihre Einstellung zum anderen Geschlecht maßgeblich geprägt hatte. Auch Jahre danach war sie überzeugt, die körperliche Vereinigung von Mann und Frau wäre etwas Gewalttätiges und Schmerzhaftes, der Sexualakt abstoßend und widerlich und diente nur der Befriedigung männlicher Lustgefühle. Nie im Leben wollte sie etwas damit zu tun haben. Kam ihr eine schwangere Frau entgegen, wechselte sie umgehend die Straßenseite. Der Anblick war ihr unerträglich. Körperliche Berührungen empfand sie als lästig. Annäherungsversuche von Seiten der männlichen Schüler ihrer Klasse wehrte sie konsequent ab. Sie galt als kühl und unnahbar und zog sich immer mehr in sich selbst zurück. Das erste sexuelle Erlebnis hatte sie im Alter von dreiundzwanzig Jahren während ihres Studiums in Paris. Sie hatte es als wenig lustvoll und unbefriedigend in Erinnerung. Schon deshalb, weil es sich bei dem Partner um einen wesentlich älteren Dozenten der Universität handelte, der nach einer Zufallsbegegnung, in der auch Alkohol eine Rolle spielte, sie mehr oder weniger überrumpelt und die Situation eindeutig für sich ausgenutzt hatte.

XV

Die Frau starrte zum Fenster hinaus. Ihre Gesichtszüge wirkten kontrolliert. Sie verrieten nicht im geringsten, welcher Film gerade in ihrem Hirn ablief. Nur das gelegentliche Runzeln der Stirn, das Zucken der Mundwinkel deutete darauf hin, die Handlung war kompliziert. Dass sie nicht jugendfrei war, blieb ihr Geheimnis. Gedanken im Kopf zu wälzen, die mit Anstand, Sitte und Moral nicht das geringste zu tun hatten und gleichzeitig zu wissen, das Gegenüber war nicht in der Lage, das Konstrukt der

Phantasie zu erahnen, verliehen der Sache einen besonderen Reiz.

Im Geiste war sie immer noch im Hotel. Diesmal im Badezimmer. Es hätte sauberer sein können. Muffiger Geruch, die Kacheln in der Duschkabine beschädigt, ausgediente Handtücher, wenig Komfort. Chlorgeruch stieg in die Nase, als sie das Wasser über ihren Körper laufen ließ. Sie massierte mit Hingabe ihre Brüste, das Duschgel erinnerte an Kernseife. Sie reinigte den Intimbereich mit der gleichen Gründlichkeit. Die wohltuende Wirkung des warmen Wassers führte zur totalen Entspannung. Sie spürte, wie jeglicher Stress von ihr abfiel und sie in einen Zustand glitt zwischen freudiger Erwartung und zunehmender Erregung. Aus dem Koffer holte sie den schwarzen Spitzenslip heraus, streifte sich das schwarze Seidenhemd mit den Spaghettiträgern über. Ein Blick in den Spiegel. Sie sah wie eine Nutte aus, eine Person, die ihr fremd war und so gut wie nie zum Einsatz kam. Heute war es in Ordnung. Auf dem Hotelflur hörte sie Schritte. Jemand klopfte an die Türe. Einmal lang, zweimal kurz. Sie öffnete.

„Treten Sie ein, mein Herr! Ich habe Sie schon erwartet. Womit kann ich dienen? Sagen Sie es mir! Haben Sie keine Hemmungen! Ich stehe für alles zur Verfügung. Ja, Sie haben ganz recht gehört. Für alles! Als Auftakt eine Tantra-Nummer? Würde Ihnen das gefallen? Nein? Sie schütteln den Kopf? Ahhh! Verstehe! Sie bevorzugen Kamasutra, die raffiniertere Variante. Ihr Wunsch sei mir Befehl. Ich hoffe, Sie sind experimentierfreudig. Welche Stellung schwebt Ihnen vor? Lotusblume? Schmetterling? Wie bitte? Keine von beiden? Akzeptiert. Also, etwas anderes. Kein Problem. Alles ist möglich. Lassen Sie mich überlegen. Dirty Talk? Wie wäre es damit? Macht Lust und stimuliert. Ich brenne buchstäblich darauf, den schmutzigen Wortschatz auszuspucken. Messerscharf, im Sekundentakt! Was sagten Sie? Sie wollen mich dabei von hinten sehen? Einen Blick zwischen meine Schenkel werfen? Aber mein Herr, ist das nicht pervers? Nun ja, wenn Sie darauf bestehen und es ihre Lust beflügelt. Legen Sie doch endlich den Bademantel ab, damit ich Sie nackt sehen kann. Kompliment! Ihr Körper kann sich sehen lassen. Athletisch, obwohl in den Jahren. Wie bitte? Die High Heels? Sie wünschen, dass ich sie anbehalte? Aber gerne. Ich hatte nicht vor, sie auszuziehen. Außer, Sie wollen meine Füße küssen. Nein, Sie wollen nicht? Sie möchten, dass ich Ihre Genitalien ... Aber mein Herr! Sie machen mich verlegen Wie bitte? Sie bestehen darauf? Nun ja.... wenn es unbedingt sein muss. Wie hätten Sie's denn gern? Streicheln, massieren oder gar ...? Stets zu Diensten. Ich bin Ihre Sex-Göttin, Ihre Porno-Queen, eine Hure, an die Sie noch lange denken werden. Ein Luder, das Ihnen einen runterholt, sooft Sie wollen. Verrucht und verkommen bis zum letzten Atemzug. Übrigens mache ich es auch dominant. Ganz wie Sie wünschen. Ich habe alles im Gepäck. Also, fangen wir an. Die Zeit läuft uns sonst davon. Ja, so ist es gut. Sie sind ein Meister! Weiter so! He, stöhnen Sie nicht so laut! Stöhnen Sie nicht unentwegt meinen Namen! Vor allem nicht den falschen. Ich heiße Sibylle, nicht Cosima! Sibylle! Merken Sie sich das! Nebenan schlafen Leute. Falls sie nicht gerade an der Wand lauschen. Was sollen die denken? Wie? Es ist Ihnen egal? Sie können nicht anders? Sie befinden sich im Rausch? In höheren Sphären? Total in Ekstase? Achten Sie auf Ihre Erektion! Passen Sie auf! Kommen Sie nicht zu schnell! Ja, so ist es gut. Weiter! Schneller ...

... Aus! Schluss! Und jetzt machen Sie die Augen auf! Tun Sie, was ich sage! Werfen Sie einen Blick auf meinen Kopf! Passen Sie aber auf, dass Ihnen die Augäpfel nicht herausfallen! Schauen Sie genau hin! Tun Sie, was ich sage! Nun, da staunen Sie, was? Kein einziges Haar mehr. Kahl, ratzekahl. Wie finden Sie das? Sie werden kreidebleich? Sagen Sie bloß, es ist Ihnen übel? Eine Frau ohne Haare, nackter Körper, nackter Kopf, das stößt Sie ab? Das ist ekelerregend, es tötet Ihre Lust? Aber mein Herr, Sie werden doch nicht schon gehen wollen? Warum ziehen

den Bademantel an? Sie haben das Interesse verloren? Ihre
Geilheit ist dahin? Es dauert schon alles zu lange? Dann gehen
Sie! Auf der Stelle! Raus! Paul Hoflehner, oder wer immer Sie
sind, Sie hatten Ihren Spaß, ich im übrigen auch. Doch jetzt ist
das Spiel aus. Gehen Sie! Gehen Sie! Zögern Sie nicht. Dort ist
die Türe. Verschwinden Sie! Raus!"

XVI

„Achtung! Achtung! Eine Durchsage! Der Zugführer bittet um Ihre
Aufmerksamkeit!"

Die Stimme dröhnte durch das Abteil und traf die Fahrgäste wie
ein Donnerschlag. Nicht wenige von ihnen hatten sich zu fortgeschrittener Dämmerstunde einem Nickerchen hingegeben und
schreckten aus ihren Träumen auf.

„Die denken wohl, wir sind schwerhörig?" Schallendes Gelächter
von allen Seiten. Ein junger Mann mokierte sich über die Laut-
sprecheranlage, die eindeutig übersteuert war und in den darauf
folgenden Sekunden keinen Ton mehr von sich gab. „Nicht einmal das kriegen sie hin. In dieser Kiste ist überall der Wurm drin.
Wetten, dass der Zug nicht weiterfährt? Eine Stunde und mehr
sitzen wir hier schon fest. Das sagt doch alles. Meine Damen
und Herren, freuen Sie sich auf eine angenehme Übernachtung
in einem Fünf-Sterne-Hotel. Sie werden überrascht sein, wie gut
es sich im Sitzen schläft. Man wacht frühmorgens auf und ist
total erholt. Im wahrsten Sinne des Wortes fix und fertig. Wenn
Sie Glück haben, sind Sie sogar schon am Ziel. Das allerdings
kann Ihnen der Zugführer nicht garantieren. Also erwarten Sie

nicht zu viel. Genießen Sie einfach die Situation. Sie kommt so schnell nicht wieder. Ich danke Ihnen für Ihr Verständnis. Und noch etwas. Die Lage im Zug ist äußerst ernst, um nicht zu sagen, dramatisch. Mord an Bord! Ja, Sie haben ganz recht gehört. Wir müssen annehmen, der oder die Täter befinden sich noch in einem der Abteile. Also mitten unter uns. Nervenkitzel pur, alles im Preis inbegriffen. Eine Empfehlung, meine Damen und Herren, betrachten Sie diese Tatsache von der heiteren Seite. Regen Sie sich nicht auf, das schadet den Nerven. Alles geht vorüber, fragt sich nur wann. Der Zugführer wünscht Ihnen jedenfalls eine angenehme Nacht."

Eine Gruppe von vier jüngeren Fahrgästen bog sich vor Lachen, dass die Sitze quietschten. „Wenn einer eine Reise tut, dann kann er was erleben. Das hat schon mein Großvater gesagt. Aber diesen Krimi hat er wahrscheinlich nicht damit gemeint. Mord an Bord! Hey, Jungs, ausgerechnet uns muss das passieren!"

„Bin gespannt, was uns die Bahn in ihrem Sterne-Restaurant kredenzt. Bestimmt wird sie sich nicht lumpen lassen, um uns bei Laune zu halten. Ein schöner Hummersalat wäre für mich im Augenblick genau das Richtige. Oder eine Portion Langustenschwänze. Dazu ein Chardonnay blanc, schön temperiert, nicht über acht Grad."

„Und als Nachtisch ein Mousse au Chocolat", sagte eine Frau. „Mit Vanilleschaum und exotischen Früchten. Ein Zitronensorbet würde es auch tun, um das Menü abzurunden. Da würde ich sogar mit einem Plastikbesteck vorlieb nehmen, obwohl es der noblen Atmosphäre in diesem Luxushotel nicht angemessen ist."

„Ich wäre schon froh, wenn es überhaupt etwas zu beißen gäbe", sagte ein anderer. „Hauptsache, ich kriege was zwischen die Zähne, ein Würstchen oder was Ähnliches. Selbst trockenes Brot würde ich nehmen. Langsam kippe ich um vor Hunger. Wo sind denn die ganzen Sachen, mit deren Ankündigung sie uns das Maul wässrig gemacht haben?"

„Bevor wir von Sterne-Menüs träumen, schaut euch mal die Toiletten an. Die sind nicht mehr zu benutzen. Eine einzige Zumutung. Ich für mein Teil möchte da nicht hingehen. Also werde ich fasten und dann in Zürich als erstes ein tolles Restaurant aufsuchen. Ich kenne eines auf der Bahnhofstrasse. Da stopfe ich fünf Pizzas in mich hinein. Danach mache ich drei Kreuze und fahre nie mehr Zug."

„Gute Idee, mein Lieber!" säuselte die Frau, die neben ihm saß. „Solche Zustände wie heute können schon sehr desillusionierend sein. Das muss ich zugeben. Vielleicht werde ich ebenfalls eine Weile keinen Zug mehr betreten. Mir sitzt der Schock zu tief in den Gliedern. Nicht auszuschließen, dass ich psychotherapeutische Behandlung benötige. Ich möchte keinen Schaden nehmen an meiner Seele." Die Frau verdrehte die Augen, stöhnte laut auf und simulierte einen Anfall. „Herr Doktor, helfen Sie mir. Ich habe Panikattacken. Mein Kopf fährt Zug, die Beine hängen fest. Ich kann nicht aussteigen. O, es zerreißt mich. Hilfe!" Die anderen kicherten.

„Hey Jungs, vielleicht bekommen wir ein anständiges Schmerzensgeld", sagte ein anderer. "Das würde uns helfen, die Erinnerungen zu vergessen, nicht wahr? Ganz schnell würden wir die dann vergessen. Was meint ihr? Ich gehe fest davon aus, dass es uns zusteht. Posttraumatische Störungen mit schwerwiegenden Folgen, Freunde, das können wir uns in unserem Alter nicht leisten. Das würde uns stark einschränken. Stellt euch vor, wir wären plötzlich impotent, der absolute Horror. Nicht auszudenken!"

Grölendes Gelächter. Einige klatschten sich auf die Schenkel. „Ruhe! Benehmt euch! Ihr seid im Erste-Klasse-Abteil! Dort, wo ihr eigentlich gar nicht hingehört. Aber die freie Sitzplatzwahl hatte auch ihr Gutes." Alle stimmten zu. Danach wieder Stille. Jeder wartete gespannt auf die Fortsetzung der Lautsprecher-Durchsage, die sich aus technischen Gründen verzögerte.

„Mama, wann geht es weiter?" fragte ein Kind. „Der Zug soll endlich fahren."

„Ich habe es ihm bereits gesagt", antwortete die Mutter. „Die Lokomotive weiß Bescheid, aber die Anhänger haben es noch nicht gehört. Die schlafen noch. Der Zugführer versucht gerade, sie zu wecken. Aber es sind sehr viele. Das braucht Zeit."

Der Mann wirkte beschäftigt. Mit Rücksicht auf die Frau hatte er eine Gesprächspause eingelegt, nachdem sie kurz die Augen geschlossen und den Eindruck erweckt hatte, nicht ständig reden zu wollen. Stattdessen hatte er sein Notizbuch herausgeholt und ein paar Gedanken zu Papier gebracht. Ein emotionaler Text war daraus geworden, klar und deutlich in der Aussage und mit allen Fasern seines Herzens verfasst. Am Schluss der Reise wollte er ihn der Frau übergeben. Es waren nur wenige Sätze, und er hoffte, dass deren Inhalt sie ansprechen würde. Sie mündlich zu äußern, noch dazu in der Atmosphäre eines alten ausrangierten Zuges, in dem ein intimes Gespräch unter vier Augen nicht möglich war, erschien ihm unangemessen. Es ging um Gefühle, und er war noch nie ein Mensch gewesen, der sich mit der Formulierung emotionaler Befindlichkeiten sehr leicht tat. Sollte ja Männer geben, denen jede Silbe locker über die Lippen kam, die über die Wirkung des Gesagten nicht groß reflektierten, einfach drauflos schwatzten, egal, wie es sich anhörte und die so angesprochene Person reagieren würde. Er dagegen bevorzugte die schriftliche Variante, vor allem, wenn es darum ging, einen Menschen zu überzeugen oder gar in seinem Innersten zu berühren. Jedes Wort wurde abgewogen, korrigiert, verworfen, neu formuliert, bis irgendwann der Text mit den Gedanken, die er zum Ausdruck bringen wollte, in totalem Einklang stand.

Im Gesicht des Mannes spiegelte sich Zufriedenheit. Die Mundwinkel hatten aufgehört zu zucken, die Augenbrauen waren nicht mehr steil nach oben gezogen. Das Kind war geboren, obwohl der Vorgang ihm einiges abverlangt hatte. Er wollte den Text in einen Umschlag stecken, vier Zeilen eines früheren Gedichtes anfügen, an das sich Cosima bestimmt erinnern würde. Er hatte es ihr anlässlich eines Schülerballs in das Dekolleté ihres Kleides gesteckt. Dabei war er etwas zu stürmisch vorgegangen, sodass sich der mit einem Druckknopf befestigte Träger des Kleides gelöst und für ein paar Sekunden ihren Brustansatz freigelegt hatte, der von einer schlecht sitzenden Corsage gestützt war. Die Umstehenden hatten sich darüber amüsiert und gekichert. Die Szene war brisant, obwohl es so gut wie nichts zu sehen gab. Vielleicht gerade deshalb. Cosima war schamrot geworden und hatte ihn vor allen Leuten zurechtgewiesen. Dann war sie weinend auf die Toilette gerannt und hatte sich dort für den Rest des Abends eingeschlossen. Am nächsten Tag war sie nicht bereit gewesen, über den Vorfall zu sprechen, so sehr er sich auch für dieses Missgeschick entschuldigt hatte. Ihm war es ein Rätsel gewesen, warum sie wegen einer Nichtigkeit so ausgerastet war.

Der Mann steckte sein Notizbuch in die Aktenmappe zurück und lächelte der Frau zu. Sie lächelte zurück. Sollten sie den Zug verlassen können und in dem bereits ins Auge gefassten Hotel übernachten, würde er ihr den Brief am Schluss des Abends überreichen, bevor sie ihre Zimmer aufsuchten. Er wollte ihr nicht zu nahe treten, sie keinesfalls bedrängen, auch wenn sie es vielleicht erwartete, ganz Gentleman bleiben, nur das Kuvert in die Hand drücken und ihr eine gute Nacht wünschen.

„Bis morgen. Wir sehen uns dann beim Frühstück. Welche Zeit wäre Ihnen angenehm?"

„Ach, wollen Sie nicht einen Moment noch hereinkommen?"

„Vielen Dank. Aber Sie werden müde sein nach diesem anstrengenden und aufregenden Tag. Sie brauchen Ruhe. Ich wünsche Ihnen eine angenehme Nacht. Erholen Sie sich gut."

„Schade. Aber wie Sie wollen. Ich wünsche Ihnen auch eine gute Nacht."

Sie würde noch einen Moment stehen bleiben und ihm nachblicken. Dann auf ihr Zimmer gehen und das Kuvert öffnen. An diesem Abend würde sie ihm bestimmt keine Szene mehr machen, auch wenn ihr danach war. Vielleicht am nächsten Morgen. Vielleicht auch nicht. Je nachdem, wie sie die Zeilen aufnahm. Jedenfalls hatte er ihr auf diese Weise die Möglichkeit gegeben, sich in aller Ruhe damit zu beschäftigen und, nachdem sie die Sache überschlafen hatte, zu entscheiden, wie es weitergehen sollte. Es erfüllte ihn mit Genugtuung, eine Vorgehensweise gefunden zu haben, die dem Anliegen förderlich sein konnte. Cosima war eine äußerst impulsive Person. Eine emotional aufgeladene Diskussion wäre mit Sicherheit eskaliert und hätte das Gegenteil bewirkt. Aus den Erfahrungen früherer Zeiten wusste er, dass diese Frau sich nicht in der Gewalt hatte, wenn ihr etwas missfiel. Sie war dann keinen sachlichen Argumenten zugänglich, fing an hysterisch zu werden und geriet außer sich. Bei sämtlichen Meinungsverschiedenheiten, und davon gab es eine ganze Menge, hatte er stets den kürzeren gezogen. Auch wenn sich die Wogen am nächsten Tag wieder geglättet hatten, war sie dennoch stur und unbelehrbar geblieben und zu keiner Versöhnung bereit. Er konnte sich nur zu gut vorstellen, welchen Verlauf ein Gespräch im Zug genommen hätte.

„Gnädige Frau, entschuldigen Sie, wenn ich mit der Wahrheit herausrücke. Es ist Zeit, das Versteckspiel zu beenden."

„Welches Versteckspiel?"

„Ich weiß, dass Sie Cosima Lilienfels sind."

„Unsinn! Was reden Sie da?"

„Und Ihnen gegenüber sitzt nicht der, für den ich mich ausgegeben habe, sondern ein alter Schulkamerad. Kurt Brandstätter. Sie erinnern sich?"

„Kurt Brand ... stätter? Sie meinen doch nicht etwa den Schurken, der mich belogen und betrogen hat? Der aus meiner Feder stammende Gedichte an mehrere seiner Freundinnen weitergereicht und als sein geistiges Eigentum ausgegeben hat? Der eine Mitschülerin zu Zeiten unserer Beziehung geschwängert und mich vor allen Klassenkameraden brüskiert hat? Der sich mit seinem dilettantischen Geigenspiel Zugang in mein Haus und meine Familie erschlichen hat? Der mich mit seinen eigenen, ausgesprochen lächerlichen, noch dazu kopierten Gedichten zum Narren gehalten hat? Und als wäre dies noch nicht schlimm genug, auch noch andere Mädchen damit beglückt hat? Meinen Sie den?"

„Ja, den meine ich. Aber, es ist alles ganz anders gewesen, als Sie denken. Ich möchte es Ihnen erklären, besser gesagt, dir erklären. Jetzt und sofort, wenn du es willst."

„Ich pfeife auf eine Erklärung. Und ich verbitte mir das ‚du'. Nehmen Sie zur Kenntnis, ich möchte mit diesem Menschen nichts mehr zu tun haben. Geben Sie sich keine Mühe. Ich würde Ihnen ohnehin kein Wort glauben. Kurt Brandstätter! Den gibt es für mich nicht mehr. Ich habe ihn aus meinem Gedächtnis ausradiert. Ein- für allemal. Punktum!"

„Aber Cosima, so gib mir doch eine Chance. Bitte!"

„Niemals."

Sie hätte im Zug eine Szene hingelegt und ihn in ihrem Zorn abblitzen lassen. Sie wäre aufgestanden, hätte das Abteil gewechselt, und das wäre es gewesen. Nein, so eine Schmach wollte er sich nicht antun. Papier hingegen war geduldig. Es schluckte Silbe für Silbe, ohne zu protestieren. Nichts konnte in die falsche Kehle geraten und zu spontanen Wutausbrüchen führen, wenn der Sachverhalt schriftlich vorlag und in Ruhe gelesen werden musste. Sollte Cosima in der Stimmung sein, seine Zeilen zu lesen, und sie würde es schon aus Neugierde tun, davon war er überzeugt, dann würde seine Strategie aufgehen.

XVII

„Achtung! Achtung! Meine sehr verehrten Damen und Herren! Ich bitte nochmals um Ihre Aufmerksamkeit!" Eine nun deutlich vernehmbare männliche Stimme brachte alle Gespräche zum Verstummen. „Entschuldigen Sie bitte die technische Störung. Sie ist nunmehr behoben, und ich kann Ihnen definitiv mitteilen, dass die Fahrt in Kürze fortgesetzt werden kann. Ich bitte Sie noch um etwas Geduld. In circa zehn Minuten geht es weiter.

Aufgrund eines Vorfalles im Zug, der polizeiliche Ermittlungen erforderlich machte, haben wir augenblicklich eine Verspätung von 95 Minuten. Ich bitte Sie, dies zu entschuldigen. Das Zugpersonal wird Ihnen in wenigen Minuten Getränke und einen kleinen Imbiss kostenlos zur Verfügung stellen. Ich danke Ihnen für Ihr Verständnis und wünsche Ihnen eine angenehme Weiterreise. Wir werden Zürich Hauptbahnhof voraussichtlich um 22.45 Uhr erreichen. Bedauerlicherweise werden die vorgesehenen Anschlusszüge nicht erreicht. Ich bitte um Nachsicht. Herzlichen Dank!"

„Na also!", sagte die Frau, mehr zu sich selbst. „Jetzt kommen wir doch noch ans Ziel. Man hat es ja kaum zu hoffen gewagt." Ihrem Gesicht war nicht gerade die Erleichterung abzulesen, die sie mit diesen Worten zum Ausdruck brachte. Die Lippen fest zusammengepresst, die Hände in angespanntem Ringkampf, griff sie nach ihrer Handtasche, öffnete diese nach längerem Überlegen und begann, nach etwas zu suchen, was sie offenbar nicht fand. Mit nervösen Fingern durchwühlte sie den Inhalt, nestelte am Schnappverschluss herum, kramte schließlich die Puderdose hervor, unfähig, sie zu öffnen, gab auf und steckte sie zitternd wieder in das Seitenfach, suchte weiter, bis sie den betreffenden Gegenstand mit ihren Fingern ertastete. Einen Moment hielt sie ihn krampfhaft fest, wusste nicht so recht, ob sie dem Drang nachgeben sollte, diesem Verlangen, dem sie kaum mehr widerstehen konnte. Zwei, drei Züge aus der Zigarette, sie wäre ein anderer Mensch. Dennoch war es nicht der geeignete Moment. Sie musste hart sein gegen sich selbst, sich die Lust verkneifen.

„Schade, dass aus unserem geplanten Wellness-Abend nun nichts wird", sagte der Mann und lächelte der Frau zu. Ich hätte mich wirklich sehr gefreut."

„Ja, wirklich sehr schade. Der Mensch denkt, Gott lenkt." Die Frau wirkte geistesabwesend. Ihre Augen starrten ins Leere. Dann, nach einer längeren Pause, in der sie den Inhalt der Tasche nochmals akribisch genau untersucht hatte, sagte sie: „Ich hoffe, Sie haben nichts dagegen, wenn ich mich auf eine Zigarette ins Bord-Bistro begebe. Hier im Abteil ist Rauchen nicht erlaubt. Und ich bin Raucherin. Leider. Schlechte Angewohnheit, wie so vieles, was man im Laufe der Zeit tut und nicht tun sollte. Ich kann es nicht abstellen. Wozu auch? Die Tabakindustrie muss auch leben."

„So betrachtet haben Sie Recht", sagte der Mann und nickte der Frau aufmunternd zu. „Tun Sie sich wegen mir keinen Zwang an. Ich hätte ein schlechtes Gewissen, wenn Sie mit Rücksicht auf mich auf etwas verzichten würden. Genießen Sie Ihre Zigarette, wenn sie Ihnen gut tut. Ich würde mich allerdings freuen, Sie vor Ankunft des Zuges noch einmal zu sehen.

„Versprochen", sagte die Frau und stand auf.

Der Mann blickte ihr nach. Sie wirkte in diesem Moment auf ihn kühl und abweisend, als ob sie das Interesse an ihm verloren hätte, von dem er überzeugt war, es wahrgenommen zu haben. Die langen, schlanken Beine steppten durch den Gang in raschem Schritt und stellten ein energisches, selbstbewusstes Auftreten zur Schau. Der Mann bezweifelte jedoch, ob es mit der tatsächlichen inneren Verfassung in Einklang stand. Bei der Beschäftigung mit der Tasche war eine nervöse Unruhe nicht zu übersehen gewesen. Die Frau war ein Nervenbündel, stets darauf bedacht, ihre Contenance nicht zu verlieren und einen Schutzwall um sich aufzubauen, der ihr Halt und Sicherheit gab. Bis jetzt war es ihm nicht gelungen, die Statik dieser Mauer auch nur ein klein wenig zu erschüttern.

XVIII

Im Bord-Bistro war zu dieser Stunde kaum ein Tisch besetzt. Die Frau nahm im hintersten Winkel der Raucherecke Platz. Sie wollte mit sich allein sein, für einige Minuten die innere Anspannung auf ein erträgliches Maß herunterschrauben. Die Kommunikation mit Kurt Brandstätter, die Verleugnung der Identität war ein aufregendes, aber auch anstrengendes Spiel. Wenn der letzte Akt des Theaterstücks über die Bühne gegangen war, würde sich bei ihr große Erleichterung einstellen. Sie kramte in ihrer Handtasche, kontrollierte den Inhalt der Pillendöschen. Es waren wertvolle Sammlerstücke aus der Hinterlassenschaft der väterlichen Großfamilie, massives englisches Silber, quadratisch, rund, ziseliert, handschmeichlerisch in der Form. Gestern hatte sie die Döschen gefüllt, die Tabletten akribisch genau abgezählt und viel Zeit für diesen Vorgang verwendet. Es war die übliche Palette, die sie schon fast routinemäßig zusammenstellte, von rosa bis hellblau, stimmungsaufhellend, beruhigend, schmerzlindernd, je nachdem, in welcher Verfassung sie war. Schon seit Jahren ging sie keinen Schritt aus dem Haus, ohne sich davon zu überzeugen, dass diese Döschen, wohl präpariert und stets griffbereit, an ihrem Platz im Seitenfach der Handtasche waren, der medizinische Beistand und Rettungsanker in allen Lebenslagen. Und das nicht erst, seitdem die schwere Erkrankung die Unverzichtbarkeit von Tranquilizern und Schmerzmitteln notwendig gemacht hatte.

„Möchten die Dame ein Paar heiße Würstchen? Dazu eine Semmel? Oder lieber ein Schwarzbrot? Es ist alles kostenfrei, eine Art Wiedergutmachung der Bahn, wie Sie wissen."

„Nein danke. Bringen Sie mir bitte ein Mineralwasser ohne Kohlensäure. Und einen Espresso. Mit Milch und Zucker. Das Wasser bitte möglichst schnell."

Der Kellner stellte das Wasser auf den Tisch. Ihm fiel auf, dass die Augenlider der Frau sich unruhig bewegten, sie in Abständen hastig nach Luft schnappte.

„Ist Ihnen nicht gut? Kann man etwas für Sie tun?"

„Nein, nein. Alles in Ordnung. Es ist nur ... dieser anstrengende Tag. Ein einziges Chaos. Jetzt geht er ja bald zu Ende, Gott sei Dank. Ich habe Kopfschmerzen, rasende Kopfschmerzen, Migräne, falls Sie wissen, was das ist."

„Zum Glück nicht. Aber ich kenne Leute, die davon gequält werden. Muss ziemlich schrecklich sein so ein Anfall, was man allgemein hört. Tut mir leid, dass sie auch zu diesen Menschen gehören. Sind oft sehr wetterfühlige und empfindsame Menschen, die auf alle inneren und äußeren Einflüsse reagieren. Was das Wetter betrifft, so würde diese Theorie absolut zutreffen. Es spielt momentan verrückt. Wärme, Kälte, Sturm, alles im Programm. Also dann, gute Besserung."

Die Frau schluckte ihre Pillen, zwei oder auch vier, es war egal, lehnte sich zurück, schloss die Augen und atmete tief durch. Sie wusste aus Erfahrung, es würde ihr bald wohler werden, aber es brauchte seine Zeit.

Ab und zu warf der Kellner einen verstohlenen Blick auf sie. Merkwürdig, dieses nervöse Zucken um die Mundwinkel, dachte er. Und diese Hände! Ständig im Einsatz. Ob sie krank ist? Psychisch krank? Ihre Finger zitterten. Hatte sie ein Problem? Sie wirkte auf ihn wie ein Mensch, der schweres Gepäck zu tragen hatte und es nicht ablegen konnte. Er wollte sie auf alle Fälle im Auge behalten. Vielleicht benötigte sie dringend Beistand, und er musste zur Stelle sein.

Allmählich entspannten sich die Finger. Sie öffneten die Handtasche, kramten den Schlüsselbund heraus, warfen ihn mit einem Kopfschütteln in die Tasche zurück, fingerten weiter herum und brachten ein Zigarettenetui und ein Feuerzeug zum Vorschein. Sekundenlang hielt sie die Gegenstände mal in der einen, dann in der anderen Hand, unschlüssig, wie sie damit verfahren sollte. Schließlich holte sie ein Kuvert aus der Tasche, öffnete es, überflog den Inhalt. Dann studierte sie ihn anscheinend genau, einmal, noch einmal, runzelte immer mehr die Stirn, steckte das Blatt zurück in den Umschlag, legte das Kuvert auf den Tisch und stellte ihr Glas darauf. „Sie ist nicht ganz bei sich", dachte der Kellner. „Warum raucht sie nicht? Soll sie es doch endlich tun. Es wäre die Lösung. Ein Zug aus der Zigarette, und sie hätte sich wieder gefangen. Irgendwie wirkt sie geistesabwesend, fast entrückt."

Es war wie Gedankenübertragung. Im nächsten Moment zündete die Frau die Zigarette an. Ein erster Zug, sie hatte sich danach gesehnt. Schon die ganze Zeit über. Eigentlich seit mehr als einer Stunde. Sie konnte sich dem Drang nicht widersetzen. Wenn er sich bemerkbar machte, musste sie eine Möglichkeit finden, ihn zu befriedigen. Hatte sie den idealen Zeitpunkt verpasst, wurde sie nervös und unruhig. So, als würde sie neben sich stehen. Zum Glück war Rauchen grundsätzlich noch gestattet. Sie hatte von privaten Initiativen gehört, die sich das Recht auf Rauchverbot in öffentlichen Räumen, Zügen, Restaurants, erkämpfen wollten. Zwar hatte sie dafür Verständnis, aber sie hoffte dennoch in der kurzen Zeitspanne, die ihr noch blieb, nicht davon betroffen zu sein. Rauchen fördert die Kreativität. Das war ihre Meinung. Wie viele Literaten, Komponisten, bildende Künstler hatten ihre Meisterwerke einzig und allein dem Einfluss des Rauchens auf ihren schöpferischen Geist zu verdanken? Vor allem in Kaffeehäusern, auf langen Zugfahrten und anderen Orten, die der Geselligkeit dienten und anregend wirkten. Zigarre oder Pfeife hatten dabei wesentlichen Anteil. Und das sollte alles verboten werden? Hoffentlich hatten die Richter ein Einsehen und trafen eine weise Entscheidung.

Während sie darüber nachdachte, hastig an ihrer Zigarette zog und kleine Rauchwölkchen in die Luft blies, die ihr die Sicht vernebelten, kam Bewegung in einen der gegenüberliegenden Tische.

„Einen wunderschönen guten Abend, gnädige Frau! Welch große Ehre, Ihnen hier zu begegnen. Meine Wiedersehensfreude ist grenzenlos. Um nicht zu sagen, unermesslich. Nichts habe ich mir sehnlicher gewünscht, als Ihnen eines Tages gegenüberzustehen – pardon – zu sitzen. Noch dazu in einem Zug mit dem gleichen Ziel. Wenn das keine Fügung des Schicksals ist. Ich hoffe, Sie empfinden es ebenso. Ist doch wirklich ein Wunder, ausgerechnet in diesem verkorksten Zug aufeinander zu treffen.

Ein erster flüchtiger Blick, ein zweiter, und es hat mich durchzuckt wie der Blitz. Sie ist es, kein Zweifel, was für ein Glück, dachte ich mir. Dass ich das erleben darf! Ich hatte es kaum zu hoffen gewagt. Und jetzt ist es wahr. 27. Oktober 2002, den Tag muss man sich ins Gedächtnis eintragen, gnädige Frau. Der Tag der Genugtuung. Mamma mia! Grazie mille!"

„Tut mir leid, mein Herr. Ich muss Sie enttäuschen. Es liegt eine Verwechslung vor," sagte die Frau und wirkte sehr gefasst. „Ich bin nicht die Person, für die Sie mich halten. Ich kenne Sie jedenfalls nicht. Also nicht, dass ich wüsste. Und jetzt lassen Sie mich bitte in Ruhe."

„Eine Verwechslung? Dass ich nicht lache! Darf Ihnen der vorlaute Typ etwas auf die Sprünge helfen, meine Teure? Sebastian Kronthaler, 38 Jahre alt, zwölf Semester Psychologie, 17 Monate Knast. Na, fällt jetzt der Groschen? Sagen Sie bloß, Sie haben den armseligen Studenten vergessen, Frau Professor Doktor Lilienfels? Immerhin haben Sie ihn vor Gericht gebracht, sein Leben zerstört, seine Zukunft, seinen guten Ruf, seine Person, seine Familie, alles, alles. So etwas vergisst man nicht. Oder doch? Zuzutrauen wäre es Ihnen. Immerhin haben Sie es geschafft, mich hinter Schloss und Riegel zu bringen. Und warum? Weil Sie eine kaltblütige Person sind, die über Leichen geht. Und weil die Geschworenen einer renommierten Professorin mehr Glauben schenkten als einem Langzeitstudenten und Studienabbrecher mit Migrationshintergrund, auch wenn er nichts anderes als die Wahrheit gesagt hat. Die Wahrheit und nichts als die Wahrheit! Falls Sie überhaupt wissen, was das ist!"

Die Frau kippte den Espresso ohne Milch und Zucker mit einem Schluck hinunter, drückte ihre Zigarette hastig aus und machte Anstalten, den Raum zu verlassen. Wie elektrisiert stand sie auf, doch die Beine versagten ihr den Dienst. Einen Moment zögerte sie, trat unschlüssig von einem Bein auf das andere, ließ sich wieder auf den Stuhl fallen. Es war ihr schwindelig. Die Tabletten, der Schock, in ihrem Kopf ging alles drunter und drüber wie nach einer Karussellfahrt.

„Lassen Sie mich in Ruhe. Ich kenne Sie nicht."

„Aber Madame", sagte der junge Mann und beugte seinen Oberkörper weit nach vorn. Die Alkoholfahne war bis zu ihrem Tisch zu riechen. „Sie wollten doch nicht etwa gehen? Ich möchte Sie keinesfalls verjagen. Fühlen Sie sich belästigt? Aber nicht doch! Ich bin nicht so, wie ich aussehe. Weder schmuddelig, noch ekelig. Ich habe eine saubere Weste. Sie wissen, was ich meine, Frau Doktor Lilienfels. Der äußere Schmutz ist das eine, die innere Reinlichkeit das andere."

Seine Stimme klang unnatürlich, die Zunge war schwer und wollte nicht mehr so recht gehorchen. Die Augen, vom Alkohol gerötet, glänzten. Er trug eine speckige Lederjacke, verwaschene Jeans, deren ausgefranster Saum den Boden berührte. Dazu ausgetretene Mokassins, die irgendwann einmal braun gewesen sein mussten. Das dunkle, schulterlange, strähnige Haar hing ihm wild in die Stirn und ging nahtlos in einen ungepflegten Bart über, der vom Gesicht nicht viel übrig ließ. Im rechten Mundwinkel hing schief die fast zu Ende gerauchte Zigarette. Die gelben, vom Nikotin gezeichneten Finger hatten schmutzige Ränder an den Fingernägeln. Auf dem Tisch stand ein Glas. Der Inhalt hochprozentiger Alkohol, Cognac oder Whisky. Er trank es mit einem Schluck leer.

„Meine Verehrung, Frau Doktor Lilienfels", lallte er. „Oder besser Lilienschwert? Wie hätten Sie's denn gern? Schwert-lilie! Wäre Ihnen wohl am liebsten. Aber nein, eine Blume sind Sie wahrlich nicht. Schon eher ein Schwert. Ein wohl geschliffenes Schwert. Messerscharf, gut gewetzt. Genau genommen, ein Küchenmesser. Sie erinnern sich? Eigentlich einer feinen Dame unwürdig. Was haben Sie sich nur dabei gedacht? Ach ja! Sie lieben den Nervenkitzel. So ein Messerchen am Hals, ist ja auch wirklich prickelnd. Fast schon ein Orgasmus, wenn man ihn auf andere Weise nicht haben kann. Salome lässt grüßen. Blutrünstige Geschichte ... Hat Sie wohl dazu inspiriert. Oder etwa nicht? Der arme Jochanaan! Hätte für mich auch so ausgehen können. Glück gehabt, sonst säße ich nicht hier und hätte diesen Mordsspaß. Wirklich. Ich fühle mich so gut wie schon lange nicht mehr."

„Lassen Sie die Dame in Ruhe!" sagte der Kellner. Er war auf die Unterhaltung aufmerksam geworden und fühlte sich autorisiert, den Anpöbeleien eines offensichtlich Geistesgestörten Einhalt zu gebieten. Die Frau wirkte wie versteinert und schien nicht in der Lage, sich zu wehren. „Hören Sie auf zu trinken, junger Mann. Sie haben für heute genug und reden nur wirres Zeug. Drei Biere, fünf Schnäpse, macht zusammen 18 Euro fünfzig."

„Hey! Mischen Sie sich nicht ein!" sagte der junge Mann. „Ich bin noch nicht fertig. Wann und wen ich in Ruhe lasse, bestimme ich." Und wieder zur Dame gewandt: „Haben Sie die Sache etwa vergessen, Madame?" Die Artikulierung fiel ihm schwer. Man konnte nur die Hälfte verstehen. Er nuschelte zunehmend leiser in seinen Bart hinein. „Obwohl, auch das wäre Ihnen zuzutrauen. Aber ich glaube es nicht. Sie haben es nicht vergessen. Und Sie sollen es auch nicht vergessen. Niemals! Und wenn es doch passiert, schauen Sie auf Ihren Finger. Dort haben Sie die Quittung. Ein lebenslanges Andenken. Der Finger spricht die Wahrheit. Lügner schneiden sich meist ins eigene Fleisch. Ist auch nur gerecht."

„Sorgen Sie bitte dafür, dass dieser Mensch verschwindet", bat die Frau den Kellner. „Er ist betrunken und weiß nicht mehr, was er redet. Zu viel Promille und zugekifft von oben bis unten. Alkohol- und Rauchgiftdelirium, sieht ganz danach aus. Man sieht es an den Pupillen. Und die Halluzinationen, ganz typisch. Vielleicht braucht er einen Arzt. Machen Sie schnell, damit er versorgt wird und den Zug verlässt."

Sie griff nach ihrer Handtasche, drückte dem Kellner einen Geldschein in die Hand und wankte zur Tür.

„Aber gnädige Frau", rief ihr der Kellner nach und ging ein paar Schritte auf sie zu. „Es ist zu viel. Sie bekommen noch etwas zurück." Doch sie schüttelte den Kopf. „Geht schon klar. Stecken Sie es ein. Und sorgen Sie für das Notwendige." Mit wenigen Schritten war sie an ihrem Platz im Abteil.

Der junge Mann stülpte sich die Baseballmütze mit dem Schild nach hinten auf den Kopf und folgte ihr. „Aber Madame! Laufen Sie nicht weg!" Er taumelte, schwankte hin und her, musste sich immer wieder festhalten, stolperte durch die erste Schiebetüre, lallte etwas Unverständliches vor sich hin. Personen, die auf dem Gang standen, wichen instinktiv zurück, aus Angst, er könnte das Gleichgewicht verlieren. Seine Blicke wanderten nach rechts und links, die Augen flackerten. Wo war es, das Objekt der Begierde? Wo? Irgendwo musste die Frauensperson stecken. Konnte ja nicht vom Erdboden verschluckt sein. Auf der Zugtoilette? Das Licht zeigte grün. Also nicht. „Avanti, avanti!" sprach er sich Mut zu. Mühsam erreichte er das Erste-Klasse-Abteil und öffnete die Türe mit einem Ruck.

„Buona sera, meine Damen und Herren! Verzeihen Sie den Auftritt. Vor ihnen steht ein Mensch. Jawohl, ein Mensch! Er steht

hier, er kann nicht anders. Ein Mensch wie du und ich. Sturzha-
gelbesoffen, aber bei Verstand. Haben Sie keine Angst, er wird
ihnen nichts tun. Er zieht nur eine Show ab. Eine heitere und
ernste zugleich. Warten Sie ab. Sie dauert nicht lang. Und wenn
der Vorhang fällt, ist alles vorbei. Dann ziehe ich meinen Hut und
verschwinde."

Der Mann wankte bereits wieder bedenklich. Die Leute grinsten.
Noch war es ein cooler Auftritt. Die Männergruppe am ersten
Tisch klatschte sich auf die Schenkel und forderte ihn auf, mit
seinem Sketch zu beginnen. „Na los! Worauf warten Sie denn?
Wir brauchen Unterhaltung. Auch wenn sie todernst ist." „Kommt
nicht in Frage!" empörten sich andere. „Ermutigen Sie den Mann
nicht. Er soll verschwinden. Raus!" Die Älteren rückten zur Seite,
aus Angst, er könnte das Gleichgewicht verlieren. Dann wäre es
mit der Gemütlichkeit vorbei. Andere erhoben sich von ihren
Plätzen, wollten ihn zur Türe hinausbegleiten. „Kommen Sie!
Machen Sie keinen Quatsch. Verlassen Sie das Abteil und gehen Sie an Ihren Platz. Wo sitzen Sie denn?"

„Fassen Sie mich nicht an!" schrie der Betrunkene und wehrte
sich mit den Fäusten. "Ich habe etwas zu erledigen. Niemand
wird mich daran hindern. Niemand!"

Der Atem der Frau stockte. „Schenken Sie ihm keine Beachtung", flüsterte sie ihrem Gegenüber zu. „Ich bitte Sie. Er hat
mich schon im Bistro belästigt. Der Mensch ist von Sinnen. Er
phantasiert die unmöglichsten Dinge. Wahrscheinlich im
Rauschgiftdelirium. Man muss ihn ignorieren. In diesem Zustand
sind die Menschen zu allem fähig. Lassen Sie uns zum Fenster
hinaussehen und so tun, als wäre er Luft." Der Mann nickte und
holte eine Zeitung heraus. Seine Augen wanderten von Zeile zu
Zeile, um einen ausschließlich am Lesen interessierten Eindruck
zu erwecken.

„Na, wen haben wir denn da?" Der Betrunkene torkelte auf die Frau zu. „Hab ich es mir doch gedacht. Madame sitzt hier, den Arsch fein gepolstert. First Lady und First Class. Das passt zusammen. Mamma mia! Schauen Sie auf diese Frau! Sehen Sie,

wie sie schlottert? Sie hat Angst. Sie fürchtet sich vor einem Gespenst. Hier ist es. Ein Gespenst, das durch ihre Träume geistert. Huiiiii! Heute ist es quicklebendig. Und sehr präsent. Ach Madame, Sie haben ja eine Fingerkuppe zu wenig. Das ist aber schlimm. Wo ist sie denn geblieben? Im Mülleimer? Von der Toilettenspülung hinuntergespült? Tut mir echt leid. War bestimmt eine grässliche Sache. Und Sie, mein Herr? Sind Sie der Ehemann? Warten Sie, ich tippe mehr auf Liebhaber. Ja Liebhaber! Gratulation! Oder eher Beileid? Ich gebe Ihnen einen guten Rat. Steigen Sie mit ihr in die Kiste. Überlegen Sie nicht lange. Weigern Sie sich nicht. Sagen Sie nicht nein. Es könnte Ihr Tod sein. Tun Sie, was sie will. Sie ist ganz geil darauf. Aber wehe, wenn Sie es nicht tun. Sie wird nicht lange zaudern, und dann, ja dann, dann passiert es, dann kommt es, das kleine, scharfe Messerchen ...

Der Mann sprang auf. Er überragte den Betrunkenen um mehr als Haupteslänge. Die ganze Zeit über hatte er den Rat der Frau befolgt und nichts entgegnet, um der Situation nicht unnötig Zündstoff zu geben. Jetzt hielt es ihn nicht mehr auf seinem Sitz. Seine Hände packten den Mann an der Lederjacke und zogen ihn zu sich heran. „Schluss mit den Anpöbeleien! Was fällt Ihnen ein! Verlassen Sie das Abteil! Auf der Stelle! Sie haben hier nichts zu suchen. Also los! Tun Sie, was ich sage. Oder ich ziehe die Notbremse!"

„Hure!" schrie der junge Mann und spuckte der Frau ins Gesicht. Ein massiver Kinnhaken war die Antwort. Er war mehr als Ohrfeige gedacht und hatte seine Wirkung nicht verfehlt. Der junge

Mann wollte noch etwas sagen, aber es ging nicht, er kippte zur Seite und fiel mit dumpfem Aufprall zu Boden. Kellner und Zugbegleiter waren bereits zur Stelle und schafften ihn mit Unterstützung weiterer Fahrgäste aus dem Abteil. Er schien bewusstlos zu sein und rührte sich nicht.

„Den Typen kenne ich", sagte der Zugbegleiter. „Fährt hier öfter auf dieser Strecke. Immer angetrunken. Mal mehr, mal weniger. Solange er bezahlt, kann man nichts machen. Bis jetzt ist er auf andere Weise noch nicht auffällig gewesen, hat noch nie Fahrgäste angepöbelt. Und eine Fahrkarte hat er auch. Keine Ahnung, warum heute bei ihm die Sicherung durchgebrannt ist. Na ja, man wird es herausfinden. Bei der nächsten Station wird er der Polizei übergeben. Und dann ab in die Ausnüchterungszelle. Tut mir leid, wenn Sie sich belästigt gefühlt haben sollten. Versuchen Sie den Vorfall einfach zu vergessen. So gut es geht."

„Vergessen? So gut es geht? Wollen Sie den Vorgang etwa bagatellisieren?" erregte sich die Frau und machte ein entsetztes Gesicht. „Wie stellen Sie sich das vor? Der Mann war unzurechnungsfähig. Hätte nicht viel gefehlt, und er wäre mir an die Gurgel gesprungen. Ungeheuerlich, ich fasse es nicht. Und so ein Subjekt läuft frei herum und kann in einem Zug sein Unwesen treiben. Das wird ein Nachspiel haben."

„Besser nicht", sagte Kurt Brandstätter und ergriff die Hand der Frau, die sich eiskalt anfühlte. „Versuchen Sie sich zu beruhigen. Der Mann ist nicht ernst zu nehmen. Er stand unter Drogen. Da reden die Menschen das absurdeste Zeug. Möglicherweise hat die Verletzung an Ihrem Finger seine Phantasie beflügelt. Im Grunde genommen ein armer Kerl. Hat wahrscheinlich Schlimmes erlebt."

„Schlimmes erlebt?" sagte die Frau und war immer noch kreidebleich. „Wollen Sie dieser perfiden Person auch noch mildernde

Umstände zubilligen? Es gibt ja für alles eine Entschuldigung.
Man kann einen Menschen ermorden und wird immer Gründe
finden, um dem Täter Unzurechnungsfähigkeit zu bescheinigen.
Das Opfer wird in die Täterrolle gerückt, ist am Ende noch selbst
schuld, dass es zu dieser Eskalation gekommen ist. Jetzt ist es
angeblich der Finger, der als Tatmotiv herhalten muss. Soll ich in
Zukunft meine Finger verstecken, um fremde Personen nicht zu
irgendwelchen Handlungen herauszufordern, die sie ohne Blick
auf diesen körperlichen Makel nie begangen hätten? Man darf
einen Menschen beleidigen, bloß weil er amputiert ist, ihm ein
Bein fehlt, ein Arm oder der ganze Unterkörper? Das kann noch
nicht Ihr Ernst sein, Herr Doktor Hoflehner? Der Täter kommt mit
einem blauen Auge davon, und das Opfer ist lebenslang gebrandmarkt? Mildernde Umstände für alle Verbrechen, weil das
Hirn des Täters krank ist und man ihm keine Verantwortung zu-
muten kann? In was für einem Staat leben wir eigentlich?"

„In einem Rechtsstaat. Gott sei Dank", sagte der Mann und lächelte der Frau zu. „Versuchen Sie etwas herunterzukommen,
Frau Karasek. Und nehmen Sie die Sache nicht zu persönlich.
Sie stehen noch unter Schock, das kann ich gut verstehen, und
es ist eine Zumutung gewesen, was der junge Mann von sich
gegeben hat. Aber er war nicht zurechnungsfähig, darum vergessen Sie die Sache und machen am besten kein Drama daraus. Ich könnte mich über so manchen Affront, den er sich mir
gegenüber erlaubt hat, auch erregen und tue es nicht. Übrigens
reden Sie jetzt komplett anders als vorhin, als wir uns über die
Gründe für den Suizid unterhalten haben. Lassen Sie uns die
restliche Zeit, die uns in diesem Zug noch bleibt, genießen und
über angenehmere Dinge sprechen."

„Sie haben leicht reden", sagte die Frau.

Die Mitreisenden warfen ab und zu verstohlene Blicke zu dem Tisch, an dem die beiden Personen erregt debattierten. Kaum einen hatte der Zwischenfall gleichgültig gelassen. Man zeigte Betroffenheit, Anteilnahme, Empörung, vor allem Solidarität mit der Frau, die sichtbar mit der Schmach zu kämpfen hatte, auch wenn sie grundlos und willkürlich zur Zielscheibe der Provokationen geworden war. Manch einer rätselte, ob die beiden vielleicht doch etwas miteinander zu tun hatten. Zwar konnte man sich eine Beziehung zwischen dieser Lady und dem verwahrlosten Typen nur schwer vorstellen. Doch es wäre nicht das erste Mal, dass Gegensätze sich anzogen.

„Machen Sie sich nichts draus", sagte ein älterer Herr und versuchte von seinem Platz aus beruhigend auf die Frau einzuwirken. „Ehrverletzende Behauptungen, auch wenn sie frei erfunden sind, sind peinlich und treffen ins Mark. Es hätte genauso gut einen der anderen Fahrgäste treffen können. Reiner Zufall, dass er sich auf Sie gestürzt hat. Nehmen Sie die Sache mit Humor und vergessen Sie, was er gesagt hat. Auch wenn es ein harter Brocken war."

„Ja genau! Einfach zu absurd, was der so daher palavert hat. Hat doch keiner hier von uns ernst genommen."

„Wahrscheinlich ist die Phantasie mit ihm durchgegangen", sagte eine Frau. „Wenn ich mich recht erinnere, gab es vor zehn Jahren einen Fall, der durch die Presse ging und viel Staub aufgewirbelt hat. Daran hat er sich möglicherweise orientiert. Eine Frau bedrohte ihren Ex-Geliebten mit einem Küchenmesser, um Sex mit ihm zu erzwingen. Im Gerangel ist das Messer ausgerutscht, und sie hat einen Finger eingebüßt. Vor Gericht hat sie dann den Spieß umgedreht und behauptet, der Mann hätte die Absicht gehabt, sie zu vergewaltigen und sie mit dem Messer

bedroht. Alles erlogen. Auch die blauen Flecken. Die hat sie sich selbst zugefügt, um eine Gewalttat vorzutäuschen. Letztlich hat sich alles aufgeklärt. Sachen gibt's, die sind so ungeheuerlich, dass man sie kaum glauben kann. Manche Frauen sind wahre Meisterinnen im Erfinden von Geschichten."

„Raubtiere sind sie, immer auf der Jagd nach Beute. Wie heißt doch so schön bei Schiller? „Da werden Weiber zu Hyänen". Einer aus der Männergruppe hatte dieses Zitat vom Stapel gelassen und wunderte sich über die ausbleibende Resonanz. „Wie? Kein Beifall, Jungs? Hat der Kerl euch die Stimmung verdorben? Ich weiß genau, woran ihr alle denkt. Na? Woran wohl? Und jetzt läuft es euch eiskalt den Rücken hinunter. Gebt es schon zu. Was mich betrifft, ich stehe nur auf einvernehmlichem Sex. Alles andere ist gefährlich."

„Hat der Typ wohl auch so gemeint", war die Antwort. „Sich nur an die falsche Adresse gewandt. Und morgen? Totaler Blackout. Er wird sich an nichts mehr erinnern. Hey Jungs, das ist das Schöne an einem Rausch. Du machst dein Ventil auf, lässt so richtig die Sau raus, behauptest Dinge, die du sonst nie sagen würdest, die größten Gemeinheiten, die schlimmsten Perversionen, du bist total enthemmt. Am nächsten Tag ist dir speiübel, du musst dich übergeben, spuckst den ganzen Mist wieder aus, aber deine Birne weiß von nichts. Du bist fein heraus, brauchst keine Verantwortung zu übernehmen. Niemand kann dich zur Rechenschaft ziehen. Unzurechnungsfähigkeit! So steht es im Gesetz. Prost Leute!"

XIX

Draußen hatte es angefangen zu regnen. Schwere Tropfen prasselten gegen die Scheiben, die vom Fahrtwind in alle Richtungen geblasen wurden, große und kleine Rinnsale, die sich ihren Weg bahnten und malerische Konstrukte hinterließen. Ab und zu, wenn es durch kleinere Ortschaften ging, tauchten wie aus dem Nichts beleuchtete Häuser auf und verschwanden ebenso schnell wieder im Dunkel der Nacht.

„Die Leute da draußen haben es gut. Lümmeln auf der Couch vor dem Fernseher, trinken ein Bier und genießen den Abend. Und wir? Wir sitzen auf dem Folterstuhl eines Secondhand-Intercitys und reden über einen Betrunkenen, der die große Show abziehen wollte, aber zusammengeklappt ist, bevor sie begonnen hat. Na, wenigstens haben wir kein Eintrittsgeld bezahlt."

„Seid froh, dass ihr euch nicht auf Schienen durch die Finsternis zum nächsten Ort tasten müsst, weil mit dem Zug gar nichts mehr geht. Hab' ich mal erlebt, Leute. Bei Schnee und Eiseskälte. Und das ist noch nicht das Schlimmste, was mit einem Zug passieren kann. Denkt mal nach. So betrachtet ist die Lage ernst, aber nicht hoffnungslos."

Im Abteil war es mucksmäuschenstill. Man hätte eine Stecknadel fallen hören können. Unter den Frauen herrschte Betroffenheit. Insgesamt waren es fünf, jede hätte zur Zielscheibe werden können. Die Leidtragende saß wie angewurzelt auf ihrem Sitz, die Beine übereinander geschlagen, Hände gefaltet, ein Daumen um den anderen kreisend, mal in die eine, mal in die andere Richtung. Gedankenversunken starrte sie auf die Fensterscheiben, beobachtete die Rinnsale, die großen und kleinen Tropfen,

die ineinander liefen, dann wieder auseinanderdrifteten, und in Sturzbächen eine neue Richtung einschlugen. „Spuren, Spuren des Lebens", dachte sie für sich. „Sie laufen und laufen, kreuz und quer, durcheinander, ineinander, dann wieder geradeaus. Eine Weile läuft alles gut. Du denkst, du hast es geschafft, du bist über dem Berg, es geht zügig weiter. Aber nein, es kommt ein neuer Sturm und wirft dich zurück. Du kannst machen, was du willst. Du entkommst ihm nicht."

Unvermittelt hielt der Zug auf freier Strecke, ohne dass ein Bahnhof in Sicht gewesen wäre. Nach wenigen Sekunden meldete sich die Stimme des Zugführers: „Meine Damen und Herren! Leider ist der vor uns liegende Streckenabschnitt durch einen anderen Zug besetzt. Dadurch sind wir gezwungen, einen Halt von circa fünf Minuten einzulegen. Sobald der Zug die Strecke passiert hat, werden wir unsere Fahrt fortsetzen."

„Sie können gerne Zeitung lesen", sagte die Frau, zu ihrem Gegenüber gewandt. „Im Moment bin ich keine gute Gesprächspartnerin. Sie werden es mir hoffentlich verzeihen. Die Sache muss verdaut werden, das geht nicht von einer Sekunde zur nächsten. Und dann hätte ich noch eine Bitte. Wäre es möglich, dass wir die Plätze tauschen? Normalerweise habe ich kein Problem mit dem Rückwärtsfahren. Aber ich bin etwas im Kopf durcheinander und würde gerne von jetzt ab in Fahrtrichtung sitzen, wenn es Ihnen nichts ausmacht."

„Aber mit Vergnügen", sagte der Mann. „Es ist noch das Wenigste, was ich für Sie tun kann."

Sie wechselten die Plätze. Die Frau wollte die Türe im Blick haben. Man konnte ja nie wissen. Vielleicht tauchte der Typ nochmals auf. Dann würde sie rechtzeitig aufstehen und in der Zugtoilette verschwinden.

Ludwig Wittgensteins „Philosophische Untersuchungen" lagen seit Stunden auf dem Tisch. Die Frau nahm das Buch in die Hand, blätterte kurz darin, schlug eine Seite in der Mitte auf, holte ihre Brille aus dem Etui und erweckte den Anschein, sich mit dem Inhalt auseinandersetzen zu wollen.

Der Mann griff ebenfalls nach seiner Lektüre. Zwar hatte er die Zeitung durchstudiert, alles gelesen, was ihn interessierte, aber hinter den großen Seiten zu verschwinden, gab ihm die Möglichkeit, seinen Gedanken nachzuhängen, die sich um den Vorfall rankten. Irgendwie hatte er das Gefühl, dass Cosima Lilienfels für den Mann doch keine Fremde gewesen war. So entschlossen und zielgerichtet, wie er auf sie zugegangen war, konnte man nur schwerlich glauben, dass er sie willkürlich ausgesucht hatte. In welcher Beziehung konnten die beiden zueinander stehen? Der Altersunterschied war gravierend. Lehrerin-Schüler? Professorin – Student? Solche Verhältnisse sollte es ja geben. Es war der Stoff, aus dem Filme entstanden. Prickelnd auf der Leinwand, aber in Wirklichkeit? Doch wohl eher die Ausnahme. War sie Dozentin an einer Hochschule? Professorin mit entsprechenden Machtbefugnissen, die ihre Autorität den Studierenden gegenüber zum Einsatz brachte? Als sexsüchtig hatte sie der Mann geschildert, als Frau, die bei Nichterfüllung ihrer Forderungen zu drastischen Maßnahmen neigte. Bei Cosima Lilienfels schwer vorstellbar. Vielleicht lag die Geschichte schon lange zurück? Zwanzig bis dreißig Jahre? Sollte auch Studenten geben, die freiwillig dieses Spiel mitspielten, um ihren Examensabschluss nicht zu gefährden. Ja, es gab diesen Tatbestand, so unglaublich er schien. Cosima Lilienfels wirkte distinguiert. Aber war sie es auch? Hatte sie eine Vorliebe für junge Männer? Suchte sie ihre Liebhaber nach den von ihr selbst gesetzten Kriterien aus? Sie war selbstbewusst und sehr auf ihr äußeres Erscheinungsbild bedacht, das ganz darauf abzielte, die weibliche Ausstrahlung zu betonen. Obwohl auf einer Reise mit Gepäck beschwerlich, trug sie hohe Absätze. Und die roten Lippen? Sprachen sie nicht eine deutliche Sprache? Schaut her, ich bin eine Frau. Nehmt mich gefälligst wahr! Ja, genau das wollte sie. Beachtung! Akzeptanz. Vielleicht war es ihr Problem? Dass man ihr nicht genug Aufmerksamkeit schenkte? Ihr rechtes Wadenbein war von einer Tätowierung geziert. Ein kleines Herz mit einem Pfeil. Das Tattoo war ihm sofort ins Auge gestochen, als er ihr in den Schuh geholfen hatte. Ein weiteres war auf ihrem rechten Schulterblatt zu sehen. Sie hatte kurz die Jacke aufgeknöpft und den Träger ihres Shirts nach oben gezogen, dabei war es ihm aufgefallen. Er hatte in der Kürze des Moments das Motiv nicht erkennen können, glaubte aber, einen Schriftzug gesehen zu haben. Möglicherweise gab es noch mehr Tattoos auf ihrem Körper. Es war seit einiger Zeit in Mode, und Männer fanden Tätowierungen angeblich sexy.

Plötzlich ertappte er sich dabei, wie der tätowierte Körper, den er sich im Geiste immer mehr ausmalte, sein Lustempfinden aktivierte. Dieser Körper, den er aus früheren Jahren kannte, dessen Terrain er aber noch nicht betreten hatte. In allen Details sah er ihn vor sich. Gut proportioniert, mit einem Sammelsurium erotischer Markierungen übersät, die sein ästhetisches Bewusstsein herausforderten. Noch konnte er sich nicht so wirklich mit dieser Körperkunst anfreunden. Sie wirkte auf ihn befremdlich. Er war mehr ein Anhänger der Natürlichkeit. Aber zugegeben, sie hatte durchaus ihren Reiz. Vorausgesetzt, sie sah nicht gewöhnlich aus.

Er konnte nicht verhindern, mit seiner Phantasie abzuschweifen, bis ihn ein Gefühl der Schläfrigkeit übermannte. Oder war es umgekehrt? Die Augenlider folgten dem Gesetz der Schwerkraft, gerieten außer Kontrolle. Er konnte es nicht verhindern. Noch ein paar Sekunden, und er war weg von dieser Welt. Eine anderes Panorama tat sich vor ihm auf. Bunt und verführerisch, Assoziationen an ein Etablissement, in dem alle Register der Erotik gezogen wurden. Frauen, mit ihren Reizen kokettierend, umgarnten ihn. Er mittendrin als stiller Beobachter, nicht wissend, was tun, obwohl die Faszination spürbar war. Gedämpftes Licht, ein Körper, der ihm näher und näher kam. schließlich so nah, dass er dem Gefühl nicht widerstehen konnte, ihn betasten zu wollen. Wie von einem Magnet angezogen, taumelte er auf ihn zu. Arme, Beine, Brüste, Po, streckten wollüstig sich ihm entgegen, brachten ein Verlangen zum Ausdruck, dem er nicht widerstehen konnte. Die Sirene lockte, brachte sämtliche Mittel zum Einsatz, um das Feuer zu entfachen und lodern zu lassen.

„Kommen Sie, Paul Hoflehner. Ich möchte, dass Sie mich begehren. Jetzt und sofort. Beeilen Sie sich. Es bleibt nicht viel Zeit."

„Aber ......"

„Zögern Sie nicht. Widersprechen Sie nicht. Ich hasse Männer, die nicht schnell zur Sache kommen. Sind Sie etwa so einer? Ich hoffe doch nicht. Kommen Sie, ich bin bereit."

Der Mann schloss die Augen, gab sich ganz der Illusion hin. Wie in Trance bewegte er sich auf die Frau zu. Sein Herz raste, er befand sich im Zustand wachsender Erregung. Die Frau ging ebenfalls einen Schritt auf ihn zu, schnippte mit dem Finger, ermutigte ihn, lächelte ihm zu. Er lächelte zurück, bereit, sich auf das Spiel einlassen zu wollen. Plötzlich, von einer Sekunde zur nächsten, erstarrte ihre Mimik. Wie eine Statue stand sie vor ihm, emotionslos, die Miene versteinert. Nicht der geringste Impuls ging mehr von ihr aus. Einen Moment zögerte er, war sich nicht mehr sicher, ob er es wollte. Dann riss er den entblößten Körper an sich. Es war der Körper eines Mädchens, etwas zu mager und zu knochig, nicht der Körper einer erwachsenen Frau in der Mitte des Lebens. Sein Fleisch fühlte sich weich und geschmeidig an, die Haut zart und seidig. Er begann, diesen Körper zu streicheln, zu liebkosen, ihn intensiver zu berühren. Die Frau zeigte keinen Widerstand, ließ es geschehen, gab sich mehr passiv der zunehmenden Leidenschaft hin. Die Arme hingen schlaff an ihr herunter, der Körper zuckte nur leicht, bewegte sich kaum. Der Mann griff fester zu, wurde ungestümer, küsste ihre Brüste, brachte sein Begehren zum Ausdruck. Sie dagegen wirkte geistesabwesend, der Blick entrückt. Was war los? War er ein schlechter Liebhaber? Bevorzugte sie andere Praktiken? Andere Männer? Zugegeben, er war längere Zeit sexuell nicht mehr aktiv gewesen, daher aus der Übung. Und sie? Hatte sie nur Spaß mit jungen Männern? Junge Männer, voll des Testosterons, hatten mehr Power, gingen anders an die Sache heran, ohne Umschweife, ohne Erektionsprobleme. War es das, was sie erregte? Bereitete es ihr mit einem Mann fortgeschrittenen Alters kein Vergnügen? Sie wirkte apathisch, blickte ins Leere. Wie eine Marionette, deren Fäden gerissen waren und die ihrer Funktion beraubt war.

Er umfasste ihre schmale Taille, drückte sie auf den Boden. Sie wehrte sich nicht, legte sich auf den Rücken, presste ihre Oberschenkel zusammen. Er küsste ihre Scham. Sie stöhnte kurz auf, mehr aus einem Gefühl des Überdrusses heraus als aus dem der Lustempfindung. Was war mit ihr los? Sie reagierte nicht, wirkte abgestumpft und leer, wandte den Kopf zur Seite. Das fehlende Echo steigerte nicht gerade seine Lust, aber er wollte ans Ziel. Warum spielte sie nicht mit? Schließlich fiel er über sie her, umwarb ihren Körper, der regungslos dalag und den Eingang verweigerte, kämpfte wie ein Tier, wurde wilder und ungestümer. Es gab kein Zurück. Er strebte bereits dem Höhepunkt zu, als die Szene ein abruptes Ende nahm. Er konnte noch sehen, wie das leblose Wesen an mehreren Strippen über den Boden geschleift und zur Decke hochgezogen wurde. Kopf nach unten, Arme angewinkelt, Beine steif. Eine Puppe, eine leblose Puppe ...

Ein deutlich hörbarer Atemzug, der an einen sanften Schnarchton erinnerte, setzte der Szene ein Ende. Der Mann kam wieder zu sich. Vor den Augen der Frau war er weggedöst. Nur wenige Minuten, ihm kamen sie wie eine Ewigkeit vor. Peinlich, äußerst peinlich, eines Gentlemans unwürdig. Er hätte die Augen nicht schließen sollen. Daraufhin war er zur Seite gekippt und mit dem Kopf in der Ecke neben dem Fenster gelandet. Einen komischen Anblick musste er unfreiwillig, sehr zu seinem Leidwesen, geboten haben. Zwar menschlich, aber er hasste es, wenn ihm die Kontrolle über sich entglitt.

„Pardon", sagte er zu der Frau. „ich hoffe, Sie nehmen mir mein Verhalten nicht übel. Irgendwie muss mich die Müdigkeit übermannt haben." Er rückte sich die Krawatte zurecht, die geringfügig verrutscht war und fuhr sich durch die Haare, von denen mehrere Strähnen ins Gesicht gefallen waren. Die Frau lächelte ihm zu, blätterte konzentriert in ihrem Buch, legte die Stirn in Falten, machte sich Notizen und erweckte den Eindruck, als hätte sie das Nickerchen des Mannes nicht wahrgenommen. „Alles gut", sagte sie, „machen Sie sich keine Gedanken."

Der Mann blickte auf seine Armbanduhr. Sieben Minuten waren es genau, in denen er sich in anderen Sphären bewegt hatte. Das Unterbewusstsein hatte ihm verwegene, fast abartige Bilder vorgegaukelt. Das ließ tief blicken. Was war der Grund, dass die Phantasie exzessive Blüten trieb? Ein wenig erschrak er über sich selbst. Ihm gegenüber saß die Frau, die für kurze Zeit das Objekt der Begierde gewesen war. So wie er sie seit mehreren Stunden im Zug wahrgenommen hatte, so war sie ihm auch im

Geiste erschienen. Auf den ersten Blick verführerisch, andererseits zurückhaltend, unnahbar, beinahe verklemmt. Wie eine Puppe ohne Innenleben, an die man nicht herankam. Ein Gegenstand, dessen sich ein Mann bedienen konnte, um seinen Trieb zu befriedigen, wenn er es denn so wollte. Auch wenn es eine Farce war, ein Konstrukt seiner Phantasie, musste er sich eingestehen, dass der Traum etwas mit ihm persönlich zu tun hatte. Er hatte diese wehrlose Frau missbraucht. Ein Tatbestand, den er zutiefst verurteilte. War er auch nicht besser als andere Männer? So wie dieser Kerl, der sie vor aller Auge diskreditiert hatte? Hätte er nicht gleich zu Beginn des Auftritts die Initiative ergreifen, sich wie ein Schutzschild vor sie stellen müssen, anstatt ihn gewähren zu lassen? Hatte er nicht hinter der Zeitung seinen Spaß gehabt und insgeheim seine Neugierde befriedigt, ohne es sich eingestehen zu wollen?

Er betrachtete die Frau, versuchte ihre Gedanken zu lesen. Sie wirkte distanziert. Mit ihrer Lektüre war sie in philosophische Welten abgetaucht und vermittelte den Eindruck, für profane Gespräche nicht zur Verfügung zu stehen. Sah sie wie eine Täterin aus? Wie eine Person, die einen Mann mit einer Waffe bedrohte, um ihn zu erpressen und sexuelle Handlungen zu erzwingen? Schwer vorstellbar, obwohl ... Ja, sie konnte unberechenbar sein, er hatte es früher mehrfach erlebt. Aber es war die Sturm- und Drangzeit der Jugend gewesen, in der Gefühle radikaler ausgelebt wurden. Er selbst war da keine Ausnahme. Cosima vereinigte viele Wesenszüge in sich. Einerseits war sie zurückhaltend, beinahe ängstlich, andererseits impulsiv und zu hysterischen Gefühlsausbrüchen fähig. Fühlte sie sich in ihren Erwartungen enttäuscht, schlug sie mit einer Vehemenz zurück, die zu einem unverhältnismäßigen Eklat führen konnte. Das Ende der gemeinsamen Beziehung war das beste Beispiel dafür. Er konnte sich nicht mehr an alle Details erinnern, aber anlässlich ihres letzten Zusammenseins hatte sie eine bühnenreife Szene hingelegt. Diese hatte so nachhaltig auf ihn gewirkt, dass er sie

Jahre später, als Gras über die Sache gewachsen war, in einem seiner Romane nochmals hatte aufleben lassen.

Es war kurz nach Cosimas 17.Geburtstag. Er hatte gerade sein Abitur in der Tasche und zur Feier dieses Ereignisses eine größere Party anberaumt. Cosima war auch anwesend, diesmal in Begleitung ihres früheren Tanzstundenpartners Erik. Man konnte ihn nicht als attraktiv bezeichnen, aber er besaß Witz und Humor. Die Dauerfreundschaft hatte sich entwickelt, weil Erik als virtuoser Klavierspieler in der Lage war, mit ihr vierhändig auf dem Klavier zu spielen. Es war Ende der Fünfziger Jahre, und er konnte alle Hits der damaligen Zeit auswendig und mit großartigem Talent zur Improvisation zum besten geben, was ihm große Bewunderung einbrachte. Hinzu kam, dass er eine Stimme wie Frank Sinatra hatte. Die Stimmung war ausgelassen, es wurde viel getanzt, Rock n'Roll, Cha-Cha-Cha, Boogie-Woogie, und zu fortgeschrittener Stunde auch hemmungslos mit den Mädchen geflirtet. Cosima saß in der Ecke, wirkte irgendwie verstört, nicht gerade in Feierlaune. Auffallend an ihr waren die grünen Stöckelschuhe, die er ihr zum Geburtstag geschenkt hatte. Sie trug sie zu einem geblümten, hochgeschlossenen Kleid, seines Erachtens eine Nummer zu groß und sehr unvorteilhaft für ihr Alter. Wie sie ihm einmal anvertraut hatte, war sie in Fragen der Kleiderwahl dem Geschmack der Großmutter vollkommen ausgeliefert, die der Enkelin ihren Stil wie einen Stempel aufdrücken wollte. Er hatte damals auf den ersten Blick erkannt, dass sich dieses damenhafte und viel zu biedere Kleid Cosima nicht selbst ausgesucht hatte. Da konnten auch die Stöckelschuhe nicht viel ausrichten. Der lange Rock gab den Blick auf die hübschen, wohlgeformten Beine nicht frei, was sehr bedauerlich war. Insgesamt betrachtet war die Wahl des Outfits ein Fehlgriff gewesen, unter dem Cosima an diesem Abend sichtbar gelitten hatte.

Erschwerend für ihre Gemütsverfassung kam hinzu, dass sie nicht die einzige war, die auf grünen Stöckelschuhen sich bewegte. Es gab eine Konkurrentin, die ihr nicht nur in dieser Beziehung den Rang ablief. Seit ihrem Erscheinen waren alle Augen auf sie gerichtet. Mit ihrem knallroten, eng anliegendes Minikleid, die hellblonden Haare zu einer Steckfrisur aufgetürmt, das Gesicht auffällig geschminkt, war sie sofort Mittelpunkt dieser Party gewesen. Sie hieß Ilona, ein Mädchen aus der Parallelklasse, das bereits sehr erwachsen und wesentlich älter wirkte.

An diesem Abend hatte er wenig mit Cosima gesprochen, aus irgendeinem Grund schmollte sie, aber das kannte er schon. War sie in dieser Verfassung, musste man sie in Ruhe lassen, um nicht unnötig Öl ins Feuer zu gießen. Auch mit ihrem Begleiter sprach sie kaum ein Wort. Das kam ihm merkwürdig vor. Hatte sie schlechte Laune? Sie wirkte gelangweilt. Folglich zeigte er Ilona seine Gunst, vielleicht mit zu viel Intensität. Sie hatte es ohnehin an diesem Abend auf ihn abgesehen und ließ ihn nicht aus den Augen. Die Arme um seinen Hals geschlungen, ihre Wange an die seine geschmiegt, so glitten sie über das Wohnzimmerparkett, das von allen störenden Möbeln befreit worden war. Ilona hatte etwas zu viel getrunken, genau wie er selbst. Als der Rhythmus des Tanzes langsamer wurde und in einen Stehblues überging, hatte sie ihn überraschend auf der Tanzfläche geküsst, und er hatte es über sich ergehen lassen. Es war ihm nicht unangenehm gewesen. Manche hatten sogar dazu geklatscht. Das Knutschen dauerte zwei, drei Minuten, wirkte sehr innig. Niemandem war die Szene entgangen, schon gar nicht Cosima. Wie eine Viper war sie aufgesprungen, um die Party zu verlassen. Im Vorbeigehen versetzte sie Ilona, gegen die sie schon seit längerem Aversionen hatte, mit ihrem Pfennigabsatz einen Tritt in den Vorderfuß. Ilona schrie vor Schmerz auf und musste danach verarztet werden. „Tut mir leid, war nicht meine Absicht, aber du standst im Weg, deine Schuld", zischte Cosima und war schon draußen. Er hatte sie noch nie so eifersüchtig erlebt.

Ilonas Rache ließ nicht lange auf sich warten. Am nächsten Tag fand Cosima ein Kuvert in ihrem Briefkasten. Der Inhalt war ein Liebesgedicht mit vier Strophen. Ohne Verfasser. Ohne Absender. Ohne Kommentar. Der Text sprach für sich. Cosima wusste sofort, wer der Verfasser war und was es damit auf sich hatte. Er selbst hatte es ihr am Anfang ihrer Beziehung, als er total entflammt war, in ihr Notenheft gesteckt und sich als Urheber desselben ausgegeben. In Wirklichkeit stammte es von einer Dichterin der Jahrhundertwende, und er hatte es in einem Gedichtbändchen einer Buchhandlung entdeckt. Es drückte exakt das aus, was er damals empfand und auf poetische Weise mitteilen wollte. Er war sich sicher, dass Cosima es nicht kannte und ihm daher nicht auf die Schliche kommen würde. Cosima hatte sich artig dafür bedankt, aber nicht annähernd so euphorisch reagiert, wie er es sich gewünscht und ersehnt hatte. Darüber war er maßlos enttäuscht gewesen. Gelinde ausgedrückt. Es hatte ihn auf die Palme gebracht, so wenig Erfolg erzielt zu haben. Aus Frust und Geltungsbedürfnis hatte er sich dazu hinreißen lassen, auch Ilona dieses Gedicht zuzustecken. Es war ihm nicht darum gegangen, Zuneigung zu bekunden, als in seiner Eigenschaft als Poet Anerkennung zu finden. Das Echo war, wie nicht anders erwartet, überwältigend. So kam es, dass sein Übermut eskalierte und immer weitere Blüten trieb. Er war süchtig nach Erfolg. Prompt wurden auch andere Mädchen mit diesem Gedicht beschenkt. Damit nahm das Verhängnis seinen Lauf. Nicht jede hatte die Tatsache für sich behalten können. Zwei oder drei hatten sich in der Öffentlichkeit sogar damit gebrüstet und ihn lächerlich gemacht. Eine leichte Katastrophe für ihn, der Imageschaden groß. Den Namen der Dichterin hatte er schon kurz darauf vergessen, konnte sich später auch nicht mehr an Inhalt und Wortlaut des Textes erinnern. Irgendwie war von Lustgefühlen und Lebensgewalten die Rede. Im Strudel der Gefühle, in dem er sich damals befand, hätten die Worte nicht treffender sein können.

Zu einer Aufklärung der Angelegenheit war es nicht mehr gekommen. Cosima hatte es abgelehnt, ein Gespräch zu führen und sich ohne Angabe von Gründen von ihm getrennt. Er selbst war zwei Wochen später für ein Jahr nach Spanien zum Studium gegangen. Dort hatte er die Geschichte für sich abgehakt und allmählich vergessen. Cosima hatte er seitdem nie mehr gesehen.

Was Ilona betraf, so hatte diese bereits Monate später die Schule verlassen und war weggezogen. Man munkelte, sie sei schwanger. Der Vater des Kindes war angeblich ein wohlhabender Unternehmer mit Wohnsitz in Bayern, mit dem sie eine kurze Liaison hatte. Dorthin hatte es wohl auch Ilona verschlagen. Mehr wusste man nicht von ihr.

Jahre vergingen. Es musste um das Jahr 1976 gewesen sein, als ihm Erik, der Klavierspieler, bei einer Tagung in Salzburg zufällig begegnete. Er hatte ein Jura- und Musikstudium in Österreich absolviert und stand mit Cosima noch einige Zeit in Kontakt. Über ihn hatte er von der Briefkastenaffäre erfahren, die Cosima damals sehr aufgewühlt hatte. Sie wäre sogar in psychotherapeutischer Behandlung gewesen, hätte Selbstmordgedanken gehabt. Da war ihm alles klar geworden. Aufregen konnte er sich darüber nicht mehr, die Angelegenheit lag schon zu lange zurück, um ihr nachträglich noch Bedeutung beizumessen. Im Gegenteil, manchmal erfüllte es ihn sogar mit Stolz und Genugtuung, die Mädchen der Jugendzeit in Aufregung versetzt zu haben. Und das mit den einfachen Mitteln der Dichtkunst, auch wenn nicht alles, was er verfasst hatte, auf seinem Mist gewachsen war.

XX

Draußen schüttete es wie aus Gießkannen. Schwere Tropfen prasselten gegen die Fensterscheiben und ließen einen Blick auf die Welt außerhalb des Zuges nicht mehr zu. Am Nebengleis brauste mit hoher Geschwindigkeit der angekündigte Zug vorbei. Dann gab es einen Ruck, und der stillgestandene Zug setzte sich langsam in Bewegung.

„Gott sei Dank", murmelte die Frau und klappte ihr Buch zu. „Ich hatte schon wieder die Stimme des Zugführers im Ohr. Meine Damen und Herren, leider muss ich Ihnen mitteilen, und so weiter. Die Minuten erschienen mir wie eine Ewigkeit. Noch eine Hiobsbotschaft, es käme ja wirklich nicht mehr darauf an, und ich würde den Vorsatz fassen, nie mehr Bahn zu fahren. Bedrückende Stimmung im Abteil, draußen der Starkregen. Das trägt nicht gerade zur Entspannung bei. Ob in Zürich auch die Welt untergeht?"

„Man kann nur spekulieren. Aber wie dem auch sei, irgendwann ist alles vorbei", sagte der Mann. „Bleiben Sie zuversichtlich. Positive Gedanken haben positive Auswirkungen. Sie beschäftigen sich doch mit Philosophie, wie ich sehe."

„Ach so, Sie meinen das Buch. Na ja, ich beschäftige mich gelegentlich mit dieser Materie. Mal mehr, mal weniger. Es ist eine Frage der Zeit."

„Dann ist Ihnen das, was ich sage, sicher geläufig. Negative Gedanken schaden Körper und Seele. Man sollte alles Negative aus seinem Hirn verbannen. Gute Gedanken führen dem Körper Energie zu. Auf die Situation übertragen heißt das, freuen Sie sich auf Sonnenschein. Spätestens morgen wird das Sturmtief vorbei sein. Es ist von Norden nach Süden gezogen und bringt momentan noch so einige Wolkenbrüche mit sich. Aber das geht vorbei. Und wir sitzen hier im Trockenen, auch ein Grund zur Freude."

Die Frau verzog das Gesicht zu einer Grimasse. „Ach wissen Sie, ich bin von Natur aus Skeptikerin. Positives Denken ist grundsätzlich nicht verkehrt. Aber das Leben ist anders. Man weiß aus Erfahrung, dass die Dinge nicht immer gut ausgehen. Da sind logischerweise schon Zweifel angebracht."

„Was sagt denn der Philosoph Ludwig Wittgenstein zu dieser Frage, nachdem sie ihn gerade in ihrer Hand halten? Soviel ich weiß, hat er als Querdenker hinsichtlich der philosophischen Grundfragen sehr persönliche Antworten gegeben."

„Ludwig Wittgenstein? Nun ja, wie man weiß, war er kein leichtlebiger und unkomplizierter Mensch, der das positive Denken zu seiner Maxime gemacht hat. Darüberhinaus war er von Depressionen geplagt. Traumatische Kriegserlebnisse haben ihn schwermütig werden lassen. Da half kein Vertrauen in die positive Entwicklung der Dinge."

„Wenn ich mich recht erinnere, waren es die Erlebnisse des ersten Weltkrieges. Sie müssen wissen, ich habe in jungen Jahren zwei Semester Philosophie studiert. Nach meinem Aufenthalt in Spanien musste ich aus gesundheitlichen Gründen ein Jahr

Zwangspause einlegen. Und da dachte ich mir, das Studium der Philosophie wäre geeignet, um vom häuslichen Schreibtisch aus sich die Kenntnisse anzueignen. Ein großer Irrtum, wie sich bald herausstellte. Von Wittgenstein habe ich immerhin den „Tractatus" gelesen. Der Schlusssatz ist mir noch im Gedächtnis: „Wovon man nicht sprechen kann, darüber muss man schweigen."

„Weiser Satz", sagte die Frau. „Die Menschen sollten ihn beherzigen, anstatt drauflos zu plappern und Unsinn zu reden. Wittgensteins Schwerpunktthema war die Verknüpfung von Sprache und Weltbild. Er unterschied in diesem Zusammenhang zwischen sinnvollen, sinnlosen und unsinnigen Sätzen. Ein unbedachter Satz kann ein falsches Bild der Wirklichkeit widerspiegeln und Schaden anrichten mit unvorhersehbaren Konsequenzen. So seine Meinung. Auf die richtige Kommunikation kommt es an. Sie ist einem Schachspiel vergleichbar. Erst kommt das Denken, dann der Zug."

„Versteht sich eigentlich von selbst", sagte der Mann.

„Richtig! Sehen Sie sich in diesem Abteil um, und Sie spüren, was Sprache anrichten kann. Seit dem Vorfall sind die Menschen wie ausgewechselt. Keiner spricht, keiner lacht, es wird geflüstert und getuschelt. Ich könnte meine Hand dafür ins Feuer legen, dass die Mehrzahl der Fahrgäste den Aussagen des jungen Mannes Glauben schenkt. Ich spüre es regelrecht. Die Wortwahl, so provokativ und unsinnig sie war, sie hat den Nerv dieser Menschen getroffen. Das kam an, sie haben es verstanden und in sich aufgesaugt. Wittgenstein hätte gesagt, das Vokabular hat ihren Verstand verhext. Niemand von ihnen weiß, was wirklich geschehen ist und ob es überhaupt geschehen ist. Aber das Bauchgefühl sagt, wenn die Materie mit einer derartigen Wucht und Aggressivität vorgetragen wird, kann sie nicht aus der Luft gegriffen sein. Sprache ist hochgefährlich. Wittgenstein ging so weit zu sagen: „Philosophie ist der Kampf gegen die Verhexung unseres Verstandes durch die Mittel unserer Sprache. Sie hat vor allem eine klärende, ja geradezu therapeutische Aufgabe."

Der Mann nickte. „Wobei wir wieder bei dem anfangs zitierten Satz aus dem „Tractatus" wären. Worüber man nicht reden kann, darüber sollte man schweigen. Es gibt viel Unaussprechliches, das besser unter Verschluss bleibt. Das hätte der junge Mann auch bedenken sollen, anstatt wie ein Elefant im Porzellanladen hier aufzutreten. Aber mit dem Verstand war es ja nicht weit her, wie wir gesehen haben. Die Menschen sind leider so, wie sie sind. Sie machen von ihrem Recht auf Meinungsfreiheit Gebrauch mit den ihnen zur Verfügung stehenden Mitteln, die oft unangemessen sind oder auch zu beschränkt, um sich sachlich und differenziert auszudrücken. Auf diesem Erdball werden immer Gedanken ausgesprochen werden, die nicht der Wahrheit entsprechen oder einfach nur darauf abzielen, die Meinung des Menschen zu manipulieren. Man braucht nur einen Blick auf die Politik und ihre Protagonisten zu werfen. Wie ich sehe, sind Sie noch viel zu sehr mit diesem Vorfall beschäftigt. Ich kann dazu nur sagen „Schwamm drüber". Lassen Sie sich so kurz vor dem Ziel die gute Laune nicht verderben. Alles andere wäre ein nachträglicher Triumpf für diesen Mann, der nicht bei Verstand war. Wollen wir vielleicht noch ein Gläschen zusammen trinken? Ich sehe, der Kellner ist nebenan und wird gleich das Abteil betreten."

„Vielen Dank. Im Moment nicht."

Eine überaktive Mücke umschwirrte den Vierertisch und lenkte die Aufmerksamkeit des Paares auf sich. Mal platzierte sie sich auf dem Handrücken des Mannes, eroberte danach seine Geheimratsecken sowie die leicht abstehenden Ohren, um im nächsten Moment mit Gesumme auf dem Tisch zu landen, auf dem die Rückstände des vorangegangenen Picknicks zu erschnüffeln waren. Es folgte eine Ehrenrunde auf dem Rand des Becherglases mit Blick auf den Grund, in dem noch ein Tröpfchen des Schaumweines glänzte.

„Ich hasse Fliegen", sagte der Mann und wirkte genervt. „Vor allem im Zug." Und so, wie er in diesem Moment aussah, mit tiefer Zornesfalte auf der Stirn, glaubte ihm die Frau die Aussage aufs Wort. „In modernen ICEs lassen sich die Fenster nicht öffnen. Das ist ein Vorteil. Das Ungeziefer bleibt draußen."

„Ungeziefer? Fliegen sind Teil der Schöpfung und haben auch eine Daseinsberechtigung. Oder etwa nicht?"

„Grundsätzlich schon, aber nicht in einem Zug. Manchmal reicht schon ein Exemplar, um einen auf die Palme zu bringen. Man sollte immer ein Mückenspray im Gepäck haben, um die Biester von sich fernzuhalten. Aber wer denkt schon an so etwas."

„Ja, wer denkt schon an so etwas."

„Meine Großmutter war ein exzellente Fliegenfängerin. Sie konnte jede Mücke buchstäblich im Handumdrehen erledigen. Ich habe sie als Kind immer für ihre Geschicklichkeit bewundert und versucht, ihr nachzueifern. Aber es war unmöglich. Obwohl – ich bin auch nicht schlecht in dieser Kunst."

„Was Sie nicht sagen."

Die Mücke hatte sich nach einigen Flugrunden auf der Schulter der Frau niedergelassen und rührte sich nicht vom Fleck. Angezogen vom Duft ihres Parfüms verweilte sie dort und harrte der Dinge, die kamen.

„Jetzt kann ich natürlich nicht mein Talent zeigen", sagte der Mann. „Das könnte ins Auge gehen. Aber geben Sie mir etwas Zeit. Man muss mit Überrumpelungstaktik vorgehen. Ein unbedachter Moment, und die Mücke ist eine gewesen."

Das kleine Wesen genoss weiterhin den Aussichtspunkt. Der Frau war es egal. Sie hatte nichts gegen Fliegen. Amüsiert betrachtete sie das Gesicht ihres Gegenübers, in dem sich Kampfbereitschaft und zunehmende Angriffslust spiegelten. Die Augäpfel rollten hin und her, die Mundwinkel zuckten. Der Mann, sichtbar auf der Lauer, ergriff sein Glas, führte es zum Mund, saugte den letzten Tropfen in sich auf und fuhr sich mit der Zunge mehrmals über die Lippen. Das Glas hielt er weiterhin fest in der Hand, als wollte er es zerquetschen, während das Gesicht an Röte zunahm und die Finger der linken Hand nervös auf die Tischplatte trommelten.

Alles passierte sekundenschnell. Die Mücke hatte ihren Standort verlassen und nahm mit lautem Gebrumm wiederum Kurs auf den Tisch. Die rechte Hand des Mannes, immer noch am Becher, begann zu vibrieren, schnellte unvermittelt nach vorne und stülpte das Glas blitzschnell über den schwarz-grünlich schimmernden Feind. Mit einer Miene des Triumpfes löste sich die Anspannung im Gesicht des Mannes. In Erwartung eines Lobes oder einer anerkennenden Geste blickte er auf sein Gegenüber.

„Na bravo! Und was kommt jetzt?" sagte die Frau, die das einge-
schüchterte Insekt, das im Glas hin und her irrte, mitleidig betrachtete. „Das werden Sie gleich sehen."

Und, als ob es ein zirkusreifes Kunststück zu vollbringen galt,
hob er das Glas ein wenig an, eröffnete den zweiten Teil der
Nummer mit dem Signal „Achtung! Aufgepasst!" und schlug mit
seiner flachen Hand auf das wehrlose Tier. Die Augenbrauen
nach oben gezogen, Zähne fest aufeinandergebissen, entsorgte
er den Leichnam mit Hilfe einer Serviette, nicht ohne ihn vorher
mit Daumen und Zeigefinger genüsslich zu zerquetschen, und
stopfte das Ergebnis mit großer Sorgfalt in den Becher. Ein letzter Blick, im Gesicht spiegelte sich Zufriedenheit.

„So, das hätten wir", sagte er und hoffte, die Frau mit der gelun-
genen Aktion beeindruckt zu haben.

„Ja, gut. Sie sind ein Held. Alles im Handumdrehen erledigt. Wie
Ihre Großmutter. Sie wäre stolz auf sie. Nun haben wir endlich
ein mückenfreies Abteil."

XXI

Die Tür ging auf, der Kellner stand im Raum. Er hielt ein weißes
Briefkuvert in der Hand, vorsichtig zwischen Daumen und Zeigefinger geklemmt, sichtlich darauf bedacht, es nicht zu beschädi-
gen. Er wedelte kurz damit in der Luft, und man konnte erkennen, dass zwei der vier Ecken fehlten. Ein Stück Altpapier, ver-
knittert und vergilbt, das man normalerweise entsorgte, es sei

denn, der Inhalt hatte für den Besitzer eine Bedeutung. Die Schrift auf Vorder- und Rückseite des Umschlages war gut lesbar, wenn auch vom Zahn der Zeit verwischt und verblasst. Oben in der Mitte war ein Loch in der Größe eines Cent-Stückes, das nach einem Brandfleck aussah und die Vermutung nahelegte, dass hier jemand seine Zigarette darauf ausgedrückt haben musste.

Der Kellner blickte sich im Abteil um und steuerte schnurstracks auf den Tisch der Frau zu. „Beim Abräumen des Tisches ist mir dieses Kuvert aufgefallen. Ich nehme an, es gehört Ihnen?"

„Oh ja, vielen Dank", sagte die Frau und griff hastig nach dem Brief. „Bin wohl etwas zerstreut gewesen. Heute ist einfach nicht mein Tag". Sie öffnete ihre Handtasche und griff nach ihrem Portemonnaie.

„Aber ich bitte Sie", sagte der Kellner. „Ich habe nur meine Dienstpflicht erfüllt. Es ist nicht der Rede wert. Ich hoffe, es geht Ihnen inzwischen wieder gut, Frau Lilienfels."

„Karasek", sagte die Frau. „Mein Name ist Karasek."

„Oh, entschuldigen Sie", antwortete der Kellner und gab sich zufrieden. Verstehen konnte er es nicht, da er das Gespräch im Bord-Bistro Wort für Wort mitgehört hatte und die Dame dort unter genau diesem Namen, der auf dem Kuvert stand, angesprochen wurde. Aber es gab viele Rätsel, die er nicht verstand. Und es war eine Frage der Diskretion, in diesem Fall nicht noch einmal nachzuhaken.

„Ich wünsche Ihnen noch eine angenehme Weiterreise, Frau Karasek."

„Danke. Ich hoffe, Sie haben dafür gesorgt, dass dieses Subjekt inzwischen des Zuges verwiesen worden ist."

„Ich muss sie enttäuschen. Der junge Mann hat sich mit Händen und Füßen dagegen gewehrt. Man hat ihm zwei Polizisten zur Seite gestellt, die ihn im Auge behalten. Keine Angst, er wird hier nicht mehr auftauchen. Er befindet sich im vordersten Abteil. Sie haben nichts zu befürchten."

„Ich verlasse mich darauf."

Der Kellner verließ das Abteil. Irgendetwas stimmte nicht mit dieser Frau. Das sagte ihm sein Instinkt. Der junge Mann hatte Dinge ausgeplaudert, die haarsträubend waren. Die Polizei hatte sie zu Protokoll genommen und wollte der Sache nachgehen. Auch wenn Alkohol und Drogen dabei eine Rolle gespielt haben mochten, waren es sicher nicht nur Ausgeburten der Phantasie.

Am Vierertisch war es still. Der Mann betrachtete die Frau. Er spürte, wie unbehaglich ihr zumute war. Bei der Nachricht, dass der Typ sich noch im Zug befand, war sie zusammengezuckt und von einer Sekunde zur nächsten kreidebleich geworden. Auch die Übergabe des Kuverts hatte sie sichtlich irritiert. Als der Name Lilienfels ausgesprochen wurde, hatte er, einem Impuls folgend, sich nach unten gebückt, um seinen Kugelschreiber aufzuheben, den er vorher hatte fallen lassen. So entstand der Eindruck, die brisante Szene wäre vollkommen an ihm vorbei gegangen.

„Lilienfels, hübscher Name", sagte er. Irgendwie konnte er es doch nicht lassen, an diesem Punkt wieder anzuknüpfen. Es reizte ihn, die Frau in Verlegenheit zu bringen. Schließlich war er ein Fremder, der sich diese Freiheit erlauben durfte und sagen konnte, was er wollte. „Lilien gehören zu meinen Lieblingsblumen. Weiß, das Symbol für Reinheit und Schönheit. Klang, Melodie, alles sehr romantisch. Würde gut zu Ihnen passen, dieser Name. Obwohl der „Fels" der zweiten Hälfte einen zu harten Kontrast darstellt. Nein, ein hartes Gestein sind Sie nach meiner Einschätzung nicht. „Ich würde den Fels durch „Stern" ersetzen. Lilienstern, das könnte ich mir vorstellen, auch „Liliencron", so wie der Dichter Detlev Liliencron. Ich hoffe, Sie verstehen es als Kompliment."

Ein kurzes Lächeln überzog das angespannte Gesicht der Frau. Aber sie maß dem Kompliment keine Bedeutung bei. Der Mann war ein Charmeur, bei dem man nicht jede Äußerung für bare Münze nehmen durfte. Es war seine Art, mit Frauen zu sprechen und sie für sich einzunehmen. Es hatte mehr mit seiner Eitelkeit zu tun als mit ihr. Für ihn war es ein Erfolgserlebnis, Frauen zu hofieren und zu sehen, wie sie es genossen, in seinen Schmeicheleien zu baden.

„Sie wundern sich, warum ich den Umschlag bei mir trage, obwohl er eigentlich Müll ist? Ja, dafür gibt es jetzt eine sehr romantische Erklärung. Ich habe ihn auf einer Antiquariatsmesse vor vielen Jahren erstanden. Angeblich stammt er von einem früh verstorbenen Schriftsteller des neunzehnten Jahrhunderts. Claudius Lilienfels, leider in Vergessenheit geraten. Er ist bei einem Zimmerbrand ums Leben gekommen, so wie seine gesamten unveröffentlichten Manuskripte. Das hatte mich sehr berührt, erinnerte es mich doch an meine eigene Geschichte, und darum habe ich dieses Dokument erworben. Ich trage es seither wie eine Reliquie durch mein Leben. Im Seitenfach meiner Handtasche."

„Aha, verstehe, wie einen Fetisch. Ich hoffe, er bringt Ihnen Glück.", sagte der Mann. „Jetzt, wo ich so darüber nachdenke, fällt mir ein, ich hatte in jungen Jahren eine Freundin, die den Namen Lilienfels trug. Cosima Lilienfels. Ein außergewöhnliches Mädchen, bildhübsch, vielseitig talentiert, eine virtuose Klavierspielerin. Vor allem diese Begabung hat sich in meiner Erinnerung eingeprägt. Leider habe ich sie aus den Augen verloren. Schade, sehr schade. Tja, so ist das im Leben. Man trennt sich von Menschen und Dingen, obwohl man an ihnen hätte festhalten sollen. Den wahren Wert erkennt man erst, nachdem man sie verloren hat. Ich denke oft, wie es wohl wäre, wenn man diesen Menschen, die einem früher am Herzen lagen, in reiferen Jahren begegnen würde. Vielleicht hätte die Beziehung eine Chance, die man in der Jugend verspielt hat."

„Oder auch nicht", sagte die Frau. „Alles im Leben hat seine Zeit. Wiederaufnahmen sind meistens langweilig. Im Musikbetrieb bin ich zum Beispiel strikt dagegen, dass Operninszenierungen nach Jahren wieder auf den Spielplan kommen. Ich gehöre zu den Menschen, die dem Innovativen mehr Vorrang einräumen gegenüber dem Traditionellen. Stellen Sie sich vor, Sie würden dieser Person, von der Sie sprechen, nach über vierzig Jahren wieder begegnen, vermutlich würden Sie die Dame gar nicht mehr erkennen, weil sie eine total andere geworden ist."

„ ... vom Zahn der Zeit gezeichnet, dazu mollig und rund", lachte der Mann und unterstrich seine Äußerung mit den Händen, was sehr komisch aussah. „Von den charakterlichen Eigenschaften ganz zu schweigen. Die haben sich im Laufe der Jahre möglicherweise auch zum Nachteil verändert. Plötzlich ist aus der zarten, sanften Elfe ein dickes hysterisches Weib geworden, mit Haaren auf den Zähnen. Ja, Sie haben Recht. Wahrscheinlich hatte ich großes Glück, diesem Frauenzimmer rechtzeitig den Rücken gekehrt zu haben, bevor die Monotonie der Ehe alle Illusionen zerstört. Und was das Klavierspiel betrifft, so hat sie dieses vielleicht längst an den Nagel gehängt wie so vieles, was man im Laufe des Lebens aufgibt. Ja, Sie haben Recht, man muss es auch von dieser Seite betrachten, als einer Sache nachzutrauern, die man im Rückblick viel zu verklärt sieht."

„Sie haben Sie verlassen? Diese Cosima?"

„Ja, so habe ich es in Erinnerung. Spricht nicht gerade für mich. Ich war damals ein ziemlicher Draufgänger. Immer auf der Jagd nach neuen Eroberungen. Ganz ohne Skrupel, wie es in jungen Jahren eben so ist, wenn man alles auf einmal und so viel wie möglich erleben will Der Reiz des Neuen war so gewaltig, dass man Anstand und Moral über Bord geworfen hat. Sehr zum Leidwesen der Damen."

„Ach wirklich? Ein Schürzenjäger sind Sie also gewesen. Hört sich vielversprechend an. Wer folgte auf Cosima? Isolde, Lotte, Ilona .... Falls Sie sich überhaupt noch erinnern können."

„Ilona?" Der Mann runzelte die Stirn, zupfte sich an den Ohrläppchen und tat, als ob er angestrengt nachdachte. „Kann sein, schon möglich. Warten Sie ... Nein, ich denke, eine Ilona war nicht darunter. Irgendetwas mit dem Anfangsbuchstaben „I" möchte ich nicht ausschließen. Nein, nach Cosima kam lange Zeit nichts. Ich weiß nur, dass ich ihr lange nachgetrauert habe. Und dann passierte eines Tages etwas, was mein Leben auf den Kopf gestellt hat."

„Oh! Ich hoffe doch - etwas Angenehmes?"

„Nein, im Gegenteil. Etwas äußerst Unangenehmes. Aus heutiger Sicht musste es wohl so kommen, um mir als Mensch, der das Leben in vollen Zügen genossen hat, eine Lektion zu erteilen. Ich habe das Ereignis als Zäsur angesehen, als eine Art Reifeprüfung, für die ich im nachhinein dem Schicksal noch dankbar sein muss."

„Jetzt machen Sie mich neugierig. Darf man erfahren, was ihr Leben so umgekrempelt hat?"

„Ähnlich wie bei Ihnen, ein Unfall. Allerdings stand mein Leben auf Messers Schneide. Die Zeit danach war eine andere."

„Was Sie nicht sagen! Aber wie ich sehe, sitzt der Kopf noch am rechten Fleck und es fehlen keine Gliedmaßen. Demnach gehe ich davon aus, dass er letztendlich glimpflich ausgegangen ist."

„Rückblickend betrachtet, ja. Sie müssen wissen, ich war einer von den Typen, die es nach bestandenem Abitur erst einmal in die weite Welt hinauszog. Nicht zuletzt deshalb, um der häuslichen Atmosphäre zu entfliehen, in der beide Elternteile permanent ihren außerehelichen Neigungen nachgingen und ein Familienleben so gut wie nie stattfand. Zunächst ging es nach Schottland, wo ich zwei Semester Literaturwissenschaften studiert habe, danach nach Spanien. Dieses Land wollte ich immer schon kennenlernen, vor allem die maurische Kultur und so nebenher auch noch die Landessprache erlernen. Das erste, was ich mir dort zugelegt habe, war ein Motorroller. Ein gebrauchtes Vehikel, türkisgrün, flottes Modell, gerade recht, um die Gegend unsicher zu machen. Eines Tages raste ich mit hoher Geschwindigkeit die Küstenstraße entlang. In einer scharfen Linkskurve ist es dann passiert. Irgendwie habe ich die Kontrolle über das Fahrzeug verloren und bin einen steilen Abhang hinunter gestürzt. Danach war viel kaputt, wie Sie sich denken können. Nicht nur der Roller hatte Totalschaden. Zwei Wochen künstliches Koma, zahlreiche Frakturen, lange Rehabilitationszeit. Aber Unkraut vergeht nicht, wie Sie sehen." Der Mann lachte. „Ich bin wiederauferstanden, wie Phoenix aus der Asche, erfüllt von großer Dankbarkeit, dass ich noch am Leben war. Seitdem sehe ich das Leben mit anderen Augen."

„Die Schilderung geht durch Mark und Bein", sagte die Frau. „Ich habe richtig Gänsehaut. Offensichtlich bekommt jeder Mensch

im Laufe des Lebens einen Denkzettel verpasst. Danach müssen die Weichen anders gestellt werden. Man orientiert sich neu. Gezwungenermaßen. Wie ging es bei Ihnen weiter?"

„Wie ich schon andeutete, habe ich mich für das Studium der Philosophie immatrikuliert. Ich war auf Sinnsuche und überzeugt, dem Sinn des Lebens mit Hilfe der Philosophie auf die Spur zu kommen."

„Und? Haben Sie ihn gefunden?"

„Gute Frage. Seit Jahrtausenden zerbrechen sich Philosophen darüber den Kopf. Auch ich kann keine allgemein gültige Antwort geben. Was ist denn der Sinn des Lebens? Anders ausgedrückt, was gibt dem Leben Sinn? In jungen Jahren darauf angesprochen, hätte ich eine andere Antwort gegeben als in einem Alter, in dem das letzte Lebensdrittel angebrochen ist und alles auf den Prüfstand kommt. Zugegeben, in meinem Leben ist vieles gut gelaufen, aber bei so manchen Dingen hätten die Schwerpunkte anders gesetzt werden müssen. Jetzt in fortgeschrittenem Alter komme ich immer mehr zu der Erkenntnis, dass der

Sinn des Lebens in der Gründung einer Familie besteht. Es ist ein Feld, auf dem man säen und ernten kann. Wohlgemerkt unter günstigen Voraussetzungen. Wenn man dann noch das Glück hat, einen Beruf ausüben zu können, der den Neigungen und Fähigkeiten entspricht, dann ist das Lebensglück fast schon garantiert. Und nicht zuletzt liegt der Schlüssel zu einem sinnerfüllten Leben in den Händen der Liebe. Alles was man mit Liebe und aus Liebe tut, macht glücklich. Lieben und geliebt werden, das ist der wahre Sinn des Lebens. Womit wir wieder bei der These „säen und ernten" wären. Jetzt habe ich sehr weise gesprochen, nicht wahr? Aber ich denke, Sie würden mir in diesem Punkt nicht widersprechen. Es ist eine Tatsache. Leider musste ich für diese Erkenntnis 64 Jahre alt werden."

Der Mann lenkte seinen Kopf in Richtung Fenster und blickte eine Weile hinaus. Er war überrascht, wie seine Formulierungen ihn in seinem Innersten getroffen hatten. Seine Stimme war emotional geworden, ein zunehmendes Vibrato hinderte ihn am Weitersprechen. Der Frau war dies nicht entgangen. Er hatte schöne Worte gefunden auf die Frage nach dem Sinn des Lebens. Dabei ihr gleichzeitig den Spiegel vorgehalten. Wenn sie so darüber nachdachte, hatte sie in allen Punkten versagt. Familie? Fehlanzeige. Liebe? Nur Enttäuschungen. Beruf? Rationale Entscheidung. War es bei ihm besser gelaufen? Hatte er Familie? Ein Feld, auf dem er säen und ernten konnte? Aus dem er sein Lebensglück bezog? Sie wollte ihn lieber nicht auf dieses Thema ansprechen. Es war zu heikel. Und 64 Jahre war er alt? Ja, das deckte sich mit ihren Berechnungen. Er war es. Kurt Brandstätter, ihre Jugendliebe.

„Wenn wir schon bei den Philosophen sind, möchte ich mit Hegel an diese Frage anknüpfen", sagte die Frau. „Hegel sprach von Weltgeist, aber nicht von Weltstaat. Soll heißen, man könne durchaus universell denken, aber handeln kann man nur auf einem überschaubaren Stückchen Land, das uns zugeteilt ist, das wir hegen und pflegen und dessen Früchte wir ernten können. Auch im übertragenen Sinn."

„Eigentlich eine logische Schlussfolgerung", sagte der Mann. „Wir können uns nicht um die Probleme der ganzen Welt kümmern, schon gar nicht sie lösen. Aber es ist unsere moralische Pflicht, das Feld zu bestellen, das uns zugedacht ist und auf dem sich unser kurzes Leben abspielt."

„Wohlgemerkt, bei günstigen Voraussetzungen", fügte die Frau hinzu. „Das fängt schon bei der Familie an, in die wir hineingeboren werden. Wenn man Glück hat, entwickeln sich die Dinge positiv, im anderen Fall bedeutet das Leben Kampf. Dadurch herrscht bereits von Geburt an Chancenungleichheit."

„Da ist etwas Wahres daran", sagte der Mann. „Aber trotz unterschiedlicher Talente sollte jeder den Ehrgeiz haben, aus seinem Leben etwas zu machen. Beweise gibt es genug, dass man nicht unbedingt in wohlhabende Verhältnisse hineingeboren werden muss. Wo ein Wille ist, ist auch ein Weg. Aus Ihnen ist eine Philosophin und Psychologin geworden, aus mir ein Jurist. Ich hätte zum Beispiel kein Handwerker werden können. Ich kann keinen Nagel in die Wand schlagen, und ich ziehe meinen Hut vor Menschen, die bei der Müllabfuhr arbeiten, Kanalrohre reinigen oder Baumfällarbeiten durchführen. Alles wichtige Tätigkeiten, für die man keine Universität braucht. Ich schätze die Arbeit mit den Händen genauso hoch ein wie die geistige Arbeit am Schreibtisch. Bedauerlicherweise werden immer mehr Tätigkeiten durch Maschinen ersetzt, die den Menschen überflüssig machen. Keine gute Entwicklung. Wie sagte doch Doktor Faustus? „Hier bin ich Mensch, hier darf ich's sein." Allein darauf kommt es an, auf das Menschsein, die Identifizierung mit dem, was man macht. Egal, was es ist, die Freude an der Arbeit und die Genugtuung über den Erfolg, das ist das Wesentliche. Das gibt dem Leben Sinn."

„Vielleicht hätte aus Ihnen doch ein Philosoph werden sollen", sagte die Frau und ein Lächeln überzog ihr Gesicht. Plötzlich wirkte sie wieder ganz entspannt. „Genug philosophiert für heute", sagte sie und verstaute ihr Buch in der Handtasche. „Wie sieht denn die Welt außerhalb des Zuges aus? Ich habe das Gefühl, das Sturmtief zieht langsam ab. Oder bilde ich mir das nur ein? Stürme verursachen auch in mir jedes Mal eine innere Unruhe. Ich bin nervös und zu keinem klaren Gedanken fähig. Jetzt allmählich habe ich das Gefühl, von einer Last befreit zu sein. Ach, ich weiß nicht, ob Sie das nachvollziehen können, wenn man diesen Wetterkapriolen so ausgeliefert ist und nichts dagegen tun kann. Es ist manchmal schrecklich. Man ahnt schon Tage zuvor, was auf einen zukommen kann. Und dann tritt das Befürchtete auch tatsächlich ein. Immer auf die gleiche Weise. Innere Unruhe, Kopfschmerzen, Antriebsschwäche, der Kreislauf, das Herz. Ich hoffe, ich langweile Sie nicht."

„Keineswegs", sagte der Mann. „Ich höre Ihnen sehr gerne zu und genieße Ihre Anwesenheit. Leider neigt sie sich allmählich dem Ende zu."

XXII

Der schauerartige Regen war in einen Nieselregen übergegangen, der den Blick durch die dunstbeschlagene Scheibe noch nicht frei gab. Die undurchdringliche Schwärze der Außenwelt wirkte gespenstisch, da nur selten Lichter einer Ortschaft oder eines kleinen Bahnhofs auftauchten, geschweige denn Geräusche oder gar Stimmen, die an die Existenz von Lebewesen denken ließen. Totenstille außerhalb, so wie inzwischen auch im Abteil, in dem kaum gesprochen, schon gar nicht gelacht wurde. Man sehnte das Ende der Fahrt herbei.

„21.10 Uhr. Noch eine ganze Stunde oder mehr", sagte die Frau. „Ich denke, ich werde mir auf dem Gang noch ein wenig die Beine vertreten. Ich bin Bewegungsmensch und hasse diesen Sitzmarathon. Schon seit mehreren Jahren mache ich keine Flugreise mehr. Das stundenlange Sitzen ist für mich eine Qual. Ich bekomme davon Rückenschmerzen und Verspannungen. O entschuldigen Sie, jetzt rede ich schon wieder über körperlichen Gebrechen."

Sie wollte gerade aufstehen, als ein Junge, etwa vier Jahre alt, ihr den Weg versperrte. „Guck doch, Mama, die Frau hat wirklich einen Finger zu wenig. Ist aber nicht der Daumen. Kommt das auch vom Lutschen?"

„Nein", sagte die Mutter. „Und jetzt halte den Mund. Sei nicht so vorlaut. Das geht dich nichts an."

„Aber wo ist denn der Finger jetzt? Mama, wo? Frag doch mal die Frau!"

„Nein, so etwas fragt man nicht. Und jetzt sei still."

„Aber warum denn nicht?"

Das Kind starrte auf den Finger und schaute die Frau mit großen Augen an.

„Wie heißt du denn?" fragte die Frau und nahm wieder Platz.

„Jonas."

„Hübscher Name. Und du willst wissen, wie mein Finger verloren gegangen ist? Soll ich dir die Geschichte erzählen?"

Das Kind nickte und setzte sich einfach neben die Frau.

„Also pass auf! Da war einmal ein Hund. Ein ziemlich großer, ungefähr so. Eigentlich war er ganz lieb. Aber sein Herrchen war ein böser Mann. Er hat den Hund ständig herumkommandiert, ihn angebrüllt und mit ihm geschimpft, manchmal ihn auch verprügelt. Und der Hund? Was hat der gemacht? Er hat laut gebellt, und je mehr ihn der Mann verhauen hat, desto mehr hat er gebellt. Allmählich wurde der Hund auch bösartig und wild."

„Und dann?"

„Der große Hund hatte auch großen Hunger, und sein Magen hat ständig geknurrt. Aber der Mann hat ihn nicht gefüttert, ihm einfach nichts zu Fressen gegeben. Und wenn er etwas bekommen hat, dann war es nicht das, was ihm geschmeckt hat."

„Und da hat er sich deinen Finger geschnappt?"

„Eines Tages bin ich im Wald spazieren gegangen. Und da ist mir der Mann mit seinem Hund begegnet. Der Hund hatte wieder großen Hunger, und als er mich gesehen hat, hat er sich von der Leine losgerissen und ist auf mich zugesprungen. Im Nu waren die Vorderbeine auf meinen Schultern, und im nächsten Moment lag ich schon auf dem Boden. Der Hund war nämlich sehr stark. So stark wie ein Bär."

„Wie hat der Hund geheißen?"

„Sarastro. So wie der böse Zauberer aus einem Märchen. Der Mann hat ihn bei diesem Namen gerufen, aber er wollte nicht folgen. Sarastro! Loslassen! Auf der Stelle!"

„Hat er aber nicht gemacht, oder?"

„Nein. Da hat ihn der Mann mit der Peitsche verdroschen, dass er laut aufgeheult und dann noch mehr zugebissen hat."

„Aua", sagte das Kind. „Wo denn zuerst?"

„In meinen Unterarm. Aber die Lederjacke war sehr dick. Da hat er stark mit den Zähnen geknirscht. Sein Gebiss war riesengroß und scharf. Und wie der böse Wolf aus dem Märchen hat er sich meinen Finger geschnappt und ihn mitsamt dem Lederhandschuh abgebissen. Zum Glück nicht den ganzen Finger, nur die Fingerkuppe. Das hat zuerst sehr weh getan, und ich bin in Ohnmacht gefallen, mehr vor Schreck. Als ich wieder zu mir gekommen bin, war der Mann weg und auch sein Hund. Die Polizei hat ihn später suchen müssen und auch gefunden, damit er bestraft werden konnte. Tierquälerei kann man nicht durchgehen lassen. Tiere spüren den Schmerz genauso wie Menschen. Und Menschen dürfen Ihre Wut nicht an Tieren auslassen. Ist doch klar, oder? Der Finger ist schnell wieder geheilt und tut auch nicht mehr weh. Bist du nun zufrieden?"

Das Kind stand auf und setzte sich auf den Schoß der Mutter. „Mama, können Hunde alle so böse werden?"

„Nur wenn man sie schlecht behandelt", sagte die Mutter. „Wenn man sie schlägt, werden sie angriffslustig und schlagen zurück."

„Der Dackel von Herrn Schmidt auch? Der wird manchmal mit dem Stock verhauen. Hab ich schon gesehen."

„Aber nur, weil er nicht hören will. Nein, der ist ein lieber Hund, der bekommt keine Schläge, sondern nur einen Klaps, damit er wieder folgt und seinem Herrchen nicht auf der Nase herumtanzt."

Und zu der Dame gewandt: „Schreckliche Geschichte. Sicher ein Kampfhund? Ein Pitbull? Deren Züchtung gehört eigentlich verboten."

„Nein, es war ein Rottweiler. Normalerweise ein friedliches Tier, aber unter diesen Umständen ... Na ja, man hat das Tier in ein Heim gegeben. Dem Hundehalter wurde eine Geldstrafe aufgebrummt und die Lizenz entzogen."

„Schon wieder so eine Schauergeschichte", sagte der Mann. „Jetzt läuft es mir eiskalt den Rücken hinunter. Was Sie alles erlebt haben! Ist ja mehr als ein Mensch ertragen kann." Auch die anderen Personen im Abteil waren still. Das Gespräch war nicht zu überhören gewesen. Allerdings war die Darstellung des Sachverhalts eine komplett andere als die, welche der junge Mann zum besten gegeben hatte. Man blickte der Frau hinterher, die nun zum zweiten Male aufstand und sich in den Gang in Richtung Bord-Bistro begab. Nach wenigen Schritten blieb sie stehen, machte eine Kehrtwendung und verschwand in der Zugtoilette.

XXIII

„Ich hätte die Reise nicht antreten sollen. Der Teufel muss mich geritten haben. Warum habe ich nicht auf meine innere Stimme gehört?" murmelte die Frau vor sich hin, als sie endlich mit sich allein war. Ihr Atem ging unruhig. Gestern, als die Meldung von einem herannahenden Sturm durch die Medien ging, hatte sie spontan entschieden, den Flug zu stornieren. Er hätte ohnehin nicht stattgefunden. Eine Freundin hatte sie daraufhin überredet, auf den Zug umzubuchen und das Vorhaben durchzuziehen. Sie war in ihre Angelegenheit eingeweiht und wusste schon des längeren, wie wichtig ihr die Sache war und dass sie keinen Aufschub duldete. Sie hatte sie auch zum Bahnhof begleitet und ihr Mut zugesprochen.

Die Nacht war schrecklich gewesen. Windböen mit Orkanstärke hatten ihre Wohnung im obersten Stock eines Hochhauses von allen Seiten attackiert, dass sie sich die Bettdecke über die Ohren gezogen hatte, aus Angst, das renovierungsbedürftige Dach würde davongetragen werden. Kein Auge hatte sie zugetan. Apokalyptische Ängste bis in die Morgenstunden. Irgendwann war sie dann vor Erschöpfung für zwei, drei Stunden eingeschlafen, um vom Läuten des Weckers erneut aus dem Schlaf gerissen zu werden.

Sie beneidete Menschen, die schlafen konnten. Solche, für die es die selbstverständlichste Sache der Welt war, überall und in allen Positionen einschlafen zu können. Die über den Schlaf nicht nachdachten, sich einfach hinlegten, die Augen schlossen und im nächsten Moment weg waren. Für sie hingegen war es ein Dauerproblem, das sie zu ihrem Leidwesen mit zunehmender Tendenz verfolgte. Mehr als vier Stunden Schlaf waren ihr selten vergönnt, und die Therapien, denen sie sich unterzogen hatte, hatten immer nur kurzfristig Abhilfe geschaffen. Die Ursachen reichten bis in die Kindheit zurück. Schon damals war sie eine schlechte Schläferin gewesen. Sie machte die strengen Regeln dafür verantwortlich, denen sie sich zu unterwerfen hatte. Viel zu früh wurde sie am Abend ins Bett gesteckt, unabhängig davon, ob sie müde war oder nicht. Es gab kein Ritual, keine Gute-Nacht-Geschichte, kein Schlaflied, wie es bei ihren Freundinnen Brauch war. Sie lag in der Dunkelheit des Raumes in ihrem Bett, zählte die Sekunden und zählte und zählte, bis sie putzmunter und der Schlaf in weite Ferne gerückt war. Zu allem Übel gab es noch diesen schrecklichen Kirchturm! Schräg gegenüber befand sich das Ungetüm und konnte es nicht lassen, jede Viertelstunde mit lautem Glockenschlag sich bemerkbar zu machen. Wie viele Menschen mochte er wohl schon um die verdiente Nachtruhe gebracht haben? Hätte er es gewusst, er wäre wohl auf der Stelle verstummt und hätte die Glocke aus Gusseisen zum Schweigen gebracht. Nein, der Schlaf war schon als Kind für sie etwas Bedrohliches, ein Berg, den man mit gutem Willen und ohne fremde Hilfe nicht erklimmen konnte. Der Aufstieg eine Kunst, bei der die Bedingungen stimmen mussten. Nacht für Nacht war sie daran gescheitert und schließlich dazu übergegangen, die Nacht zum Tag zu machen. Ertappte man sie, wie sie mit einer Taschenlampe und einem Buch unter der Bettdecke sich die Stunden um die Ohren schlug, gab es zusätzlich eine Standpauke, sodass sie von dieser Alternative schnell wieder abgekommen war.

Jahrgang 1940. Ein Kriegskind. Ein Jahr zuvor hatte Deutschland mit dem Angriff auf Polen den Krieg eröffnet. In den folgenden Jahren war sie noch zu klein, um die Tragweite dieser Entscheidung auch nur annähernd zu begreifen. Es war Krieg, aber der schien zunächst weit weg. Dann allerdings, kurz vor Kriegsende 1945, hatten die Alliierten ihren Heimatort über Monate bombardiert. Mehrere Male in der Woche war es traurige Pflicht, bei nächtlichen Fliegerangriffen den Luftschutzkeller des Hauses aufzusuchen. Sie erinnerte sich genau, wie sie von der Mutter aus dem Schlaf gerissen, dann hinunter in das dunkle Verlies des Kellers gebracht wurde, in dem noch andere Familien mit Kindern dicht gedrängt die Stunden verbrachten, die kein Ende nehmen wollten.. Der Einschlag der Bomben war bis in die unterirdischen Räume zu hören. Oft fiel der Putz von der Decke, wenn es krachte. Sie hatte geweint, sich an die Mutter geklammert, die sich bemühte, beruhigend auf sie einzuwirken, es aber nicht immer schaffte und in Todesangst so manchen furchteinflößenden Stoßseufzer ausstieß. Schlafen? Daran war nicht zu denken. In keiner Nacht. Auch als alles vorbei war.

Glücklicherweise war ihr Haus von Bomben verschont geblieben, aber ganze Straßenzüge, dazu der nahe gelegene Bahnhof, lagen in Schutt und Asche. Das Heulen der Sirenen, die Angst unter den Erwachsenen, die sie als Kind nicht immer verstand, hatten sie lange in ihren Träumen verfolgt. Auch heute noch war es ihr unmöglich, ein Feuerwerk zu betrachten, geschweige denn zu genießen, ohne bei dem Krach an Fliegerbomben erinnert zu werden. Die Kriegstraumata waren nie aufgearbeitet worden. Allen Kindern erging es ähnlich, es war der einzige Trost.

Und der Vater? Wie so viele andere Väter konnte er der Familie keinen Beistand leisten. Als Soldat im Dienst für das Vaterland hatte er die Heimat verlassen müssen. Sie war gerade mal drei Jahre alt gewesen. Am Anfang hatten sie gelegentlich von ihm

gehört, dann blieben die Nachrichten aus. In den letzten Kriegs-
tagen kämpfte er in der Normandie an vorderster Front. Dann,
als der Krieg verloren war, kam er als Kriegsgefangener schwer-
verletzt in ein Lazarett in Frankreich. Dort musste ihm der Unter-
schenkel amputiert werden. Unglücklicherweise hatte er sich
nach einem Sturz von einem Lkw auch noch das Hüftgelenk ge-
brochen, aufgrund der schlechten medizinischen Versorgung ein
lebenslanges Problem. Nicht nur körperlich, auch psychisch war
der Vater ein Krüppel geworden. Lange Zeit hatte man nichts
mehr von ihm gehört, er galt als vermisst. Dann, eines Tages,
sie war sechs Jahre alt, stand er unvermittelt vor der Türe. Ein
großer Mann in einem viel zu langen Soldatenmantel, ausgemergelt, nur noch ein Schatten seiner selbst. Die Mutter hatte ihn
nicht auf Anhieb erkannt, und es war eine schwierige Zeit, sich
mit seiner Anwesenheit zu arrangieren. Sie selbst hatte oft den
Satz geäußert, der Mann solle wieder gehen. In ihren Augen war
er ein Störenfried, der in die gewohnte Zweisamkeit eingedrun-
gen war und nach seiner Rückkehr Zuwendung verlangte, die
ihm auch die Ehefrau nur mühsam entgegenbrachte. Angeblich
hatte sie ihn nach seiner Rückkehr nicht mehr geliebt und der
Tochter die Schuld zugewiesen, die ihm ebenfalls keine Sympathie entgegengebracht hatte. Trotz dieser Tatsache hatte sie das
gemeinsame Schlafzimmer zu räumen und ihm den Platz zu
überlassen, der all die Jahre ihr zugedacht war. Ihre Schlafstätte
war von nun an ein kleines Zimmer im hinteren Teil des Flures.
Dort kam sie sich einsam, verlassen und ausgestoßen vor. Einschlafen? Unmöglich. Wenn sie die Augen schloss, waren sie
da, die Gespenster des Krieges. Eine furchtbare, angstbesetzte
Zeit.

Für einen Moment brach ihr der Schweiß aus, sie öffnete den
obersten Knopf ihres Jacketts. Dabei vermied sie es, in den
Spiegel zu sehen. So wie sie sich fühlte, konnte sie über ihr
Ebenbild nur erschrecken. Aus dem Pillendöschen nahm sie
heraus, was ihr innere Ruhe verschaffen würde, nur ein Quänt-
chen, dazu ein Schluck aus dem Wasserhahn und, ach ja, fast

hätte sie es vergessen, ein kleiner Schluck aus dem Fläschchen mit Hochprozentigem, das sie immer bei sich trug. Sie wusste aus Erfahrung, diese Kombination würde ihr gut tun. Mit dem Rücken zur Türe verharrte sie einen Moment, atmete tief durch und wollte dann wieder nach draußen gehen. Urplötzlich fing sie an zu taumeln. Der Zug schlingerte hin und her, der Quadratmeter unter ihr, auf dem sie sich befand, geriet in Bewegung. Offensichtlich die Folge eines Gleiswechsels über eine unebene Weiche. Auch jetzt konnte sie nicht verhindern, dass ihr schwindelig wurde, sie schwankte, suchte mit den Augen nach irgendetwas, woran sie sich festhalten konnte, griff jedoch ins Leere, und ehe sie sich versah, fiel sie zu Boden. Sie hätte den Sturz abgewehrt, aber die hochhackigen Schuhe hatten ihr die Standfestigkeit geraubt. „Schon zum zweiten Mal an diesem Tag, dass sie mir die Dinger zum Verhängnis werden", ging es ihr durch den Kopf.

Mühsam hangelte sie sich hoch und kam wieder auf die Beine. Das linke Handgelenk schmerzte leicht, doch abgesehen von mehreren Laufmaschen an ihren Strümpfen und einer kleinen, zum Glück nicht blutenden Schürfwunde am rechten Knie war alles in Ordnung. Auch der Zug fuhr wieder ruhig weiter, und sie riskierte nun doch einen Blick in den Spiegel. Großer Gott! Wie sah sie aus? Es war das Gesicht einer älteren Frau, von Anspannung und Erschöpfung gezeichnet, tiefe Augenringe, die Wangen bleich, der Mund blutleer. Nein, sie wollte das Make-up nicht auffrischen. Es lohnte sich nicht mehr, so kurz vor dem Ziel. Außerdem musste man dazu in Stimmung sein. Sie aber war nicht in Stimmung. Sie hatte nicht mehr die geringste Lust, dieser Typ, dieser Vamp sein zu wollen, dessen Intention es war, das andere Geschlecht zu betören. Es war ihr egal, wie sie auf diesen Mann wirkte. Sollte er doch von ihr denken, was er wollte. Irgendwie übte er keinen Reiz mehr auf sie aus. Warum sollte sie ihm etwas vormachen? Sie hatten sich angeregt unterhalten, über verschiedene Themen geplaudert, auch kontrovers diskutiert. Er hatte ihr Komplimente gemacht. Fast zu oft, um sie als aufrichtig zu empfinden. Dennoch war es nicht zu übersehen gewesen, dass sein Interesse vornehmlich jungen Frauen galt. Betrat eine das Abteil und ging an ihm vorbei, so musterte er sie von Kopf bis Fuß, lächelte ihr zu oder blickte ihr sogar nach. Eine Angewohnheit, die sie an einem Mann nicht ausstehen konnte. Vorhin, als eine junge Dame zustieg, war er aufgesprungen und hatte seine Dienste beim Verstauen des Gepäcks angeboten. Bei einer älteren Dame hingegen war er sitzen geblieben, sodass sie aufgestanden war, um ihr unter die Arme zu greifen. Und dann die Sache mit der Fliege! Wie konnte sich ein Mann derart kindisch benehmen, einem kleinen Insekt eine so große Bedeutung beizumessen, als wäre es ein Monster, das es auszumerzen galt? Aber das war nicht das einzige, was sie kritisch beurteilt hatte. Vorhin, als er mit dem Kopf in die Fensterecke abgedriftet war und leicht vor sich hin schnarchte, war ihm die Kinnlade nach unten gekippt, und der Speichel war aus dem rechten Mundwinkel geflossen. Da hatte sie ihn angeschaut und plötzlich mit ganz anderen Augen gesehen. Ernüchternd und desillusionierend. Nein, sie schätzte es nicht, wenn ältere Männer ihre Contenance verloren und die Kehrseite der Medaille zur Schau stellten. Letztlich war es genau dieser Ausrutscher gewesen, der für sie den Ausschlag gegeben hatte, ein Vorhaben nicht in die Tat umzusetzen, von dem sie Stunden zuvor überzeugt war, es am Ende der Reise tun zu wollen.

Es ging um einen Brief. Nicht um irgendeinen, sondern um den, den sie heute rein zufällig bei sich trug. Nein, sie hatte ihn nicht auf einer Antiquariatsmesse erstanden. Auch war es kein unbekannter Schriftsteller, wie sie vorhin in der Anspannung des Augenblicks relativ glaubwürdig erzählt hatte. Der Verfasser saß seit einigen Stunden ihr gegenüber. Kurt Brandstätter, kein anderer, und es war ihr immer noch ein Rätsel, wie beide Faktoren, Brief und Verfasser, heute unter diesen außergewöhnlichen Umständen aufeinander treffen konnten. Ein Zufall, den man nur mit höherer Gewalt erklären konnte.

Das Kuvert war eigentlich unter den Erinnerungsstücken in ihrem Schreibtisch abgelegt, inmitten von Familienbildern und persönlichen Dokumenten, die es aufzubewahren galt. Es enthielt ein Gedicht. Irgendwann hatte sie es einer Freundin gezeigt, die den Wunsch geäußert hatte, es lesen zu dürfen. Danach war das Dokument im Seitenfach ihrer Handtasche gelandet, und sie hatte vergessen, es an seinen angestammten Platz zurückzulegen. Die Tasche, ein Erbstück ihrer Mutter, hatte sie seit Jahren nicht mehr benützt. Elegant, dunkelblau, geräumig, war sie heute das perfekte Accessoire zu ihrem Kostüm. Gleichzeitig wurde der Tasche die Ehre zuteil, an der Reise teilnehmen zu dürfen. Als hätte sie geahnt, dass heute der geeignete Zeitpunkt war, den Inhalt lebendig werden zu lassen.

Das Ende der Fahrt stand bevor, und sie wollte das Kuvert dem Mann in den Minuten des Abschieds überreichen, um auf eindrucksvolle Weise ihre Identität zu lüften. Als Akt der Provokation hatte sie sich diesen Moment gedacht, als Höhepunkt einer dramatischen Inszenierung, die auf diese Weise zu Ende ging. Sie wollte ihm dieses Beweisstück ohne Kommentar aushändigen und dann im Dunkel der Nacht verschwinden. In der letzten Stunde war sie allerdings von dieser Idee abgekommen. Späte Rache, die ihr Genugtuung verschaffen würde, war plötzlich für sie kein Thema mehr. Vorbei war vorbei. Sie hatte mit der Sache abgeschlossen. Es war alles zu lange her, um sich in dieser Form in Erinnerung zu bringen. Sie würde sich für seine Gesellschaft bedanken und ihres Wegs gehen. Als Sybille Karasek, wie sie es von Beginn der Reise für sich beschlossen hatte. Sollte er auf ein Wiedersehen drängen, würde sie ablehnen. Der letzte Akt ihrer Beziehung war eingeläutet. Ein Nachspiel würde es nicht geben. Wenn sie wieder zu Hause war, würde das Kuvert dort landen, wo es längst hingehörte. In den Müll.

Sie atmete tief durch. So wie es war, war es gut. Sie blickte in die Tasche. Das Kuvert spitzte aus dem Seitenfach heraus. Sie schob es zurück, berührte es mit den Fingern ... Und, als ob sie es geahnt hätte, da war es wieder dieses kribbelnde Gefühl, das sofort aufflammte, wenn sie mit diesem Gegenstand in Berührung kam. Ein kurzer Blick genügte, und es durchzuckte sie bis zu den Fußspitzen, alles fing an zu vibrieren. Dieses lächerliche Stück Papier, es hatte mit seiner bloßen Existenz etwas ausgelöst, das viel tiefer saß, als sie es wahrhaben wollte. Etwas, das sich in ihrem Unterbewusstsein eingegraben hatte und ihre Seele mit einer Intensität beherrschte, ohne dass sie dagegen etwas tun konnte.

Es war der erste Liebesbrief ihres Lebens gewesen. Auch andere Menschen schwebten auf Wolke sieben, wenn sie persönlich gewidmete Zeilen in Händen hielten. Aber für sie war es mehr. Ein Ereignis, für das es keine Worte gab, das alles bisher Erlebte in den Schatten stellte. Schon als Teenager hatte sie eine tiefe Sehnsucht in sich verspürt, ein Verlangen nach Liebe und Hingabe, die sie in der Realität nicht finden konnte. Zuflucht hatte sie in der klassischen Literatur gesucht, für sie die einzige Möglichkeit, ihre emotionalen Bedürfnisse zu befriedigen. Sie hatte die Bestseller unter den berühmten Liebesromanen regelrecht verschlungen. „Effi Briest" von Fontane, „Anna Karenina" von Tolstoi, um nur zwei zu nennen. Sie hatte darüberhinaus mit Vergnügen Texte gelesen, in denen Dichter ihren Angebeteten mit überschwänglichen Worten ihre Zuneigung bekundeten. Goethe, Schiller, Rilke, Hesse. Jeder hatte seine eigene Sprache und Ausdrucksform. In diese Welt der romantischen Gefühle war sie mit allen Fasern ihres Herzens eingetaucht. Das ging so weit, dass sie manchen Liebesbrief auswendig gelernt hatte, sich sogar mit ihm identifizierte, wenn die Poesie des Ausdrucks in ihr Emotionen weckte. Und sie hatte insgeheim gehofft, selbst auch eines Tages ein derartiges Stück Papier in Händen halten zu dürfen. Sie fieberte diesem Moment regelrecht entgegen. Und tatsächlich, irgendwann war er da, der erste Liebesbrief ihres Lebens. Der Überbringer hatte ihn beim Abschied ihr ins Notenheft gesteckt, ein paar gefühlvolle Worte ins Ohr gehaucht und ihr einen Kuss auf die Wange gedrückt. Im ersten Moment war sie unfähig, das Kuvert zu öffnen. Als sie es tat, fingen ihre Hände an zu zittern. Das Herz sprang ihr fast zum Hals heraus. Der Brief übertraf ihre Erwartungen. „Herzallerliebste Cosima!", so die Anrede. Danach ein Text in Strophenform. Sie hatte ihn gelesen, einmal, zweimal, nein, sie hatte ihn aufgesaugt, immer wieder, bis sie ihn auswendig konnte. Er hatte sie in ihrem Innersten berührt, dass sie nicht anders konnte als herzzerreißend zu schluchzen. So überwältigt war sie gewesen. Ein junger Mann, der so poetisch seine Gefühle zum Ausdruck bringen konnte, der musste ein besonderer Mensch sein. So hatte sie gedacht und sich unsterblich in ihn verliebt. Fortan war der Brief für sie ein Heiligtum, ein Geschenk, das sie immer bei sich trug. Sie hegte ihn wie einen Schatz und legte ihn sogar unter ihr Kopfkissen.

Er hatte sie begehrt. Niemals hätte sie gedacht, dass sie begehrenswert war. Zu keinem Zeitpunkt hatte ihr das jemand gesagt. Begehrenswert zu sein, setzte voraus, dass man geliebt wurde. Sie aber wurde nicht geliebt. Weder von Mutter, noch von Vater. Schon gar nicht bedingungslos. Sie wurde geliebt, wenn sie eine Leistung erbracht hatte, aber nicht um ihrer selbst willen. Im Laufe der Zeit hatte sie sich in die Rolle der ungeliebten Person gefügt, die sich jede Geste der Zuneigung erarbeiten musste. Das war ein anstrengendes Spiel, unter dem ihr Selbstwertgefühl litt. Doch in diesem Brief, in diesen Zeilen, stand es schwarz auf weiß. Sie wurde geliebt, sie wurde begehrt. Ohne Wenn und Aber. Genauso wie sie war. Einfach als Cosima Lilienfels. Noch dazu von einem Menschen, dem sie selbst eine nie gekannte Zuneigung entgegenbrachte. Ihre Liebe wurde erwidert. Das brachte sie total aus der Fassung. Sie wusste nicht, wie sie sich dem Verfasser dieser Zeilen gegenüber verhalten sollte. Einerseits war sie aufgewühlt und zu allem bereit, andererseits hilflos und voller Angst. Sie hatte keine Ahnung, wie sie reagieren sollte, wie es aufgrund dieser Tatsache folgerichtig und natürlich gewesen wäre. Sie fühlte sich überfordert. Und so machte sie den größten Fehler ihres Lebens. Sie bedankte sich bei ihm, ohne den Brief groß zu würdigen, und tat so, als ob die Zeilen sie nicht weiter berührt hätten.

Irgendwann kam der Moment der Ernüchterung. Es hatte sich wie ein Lauffeuer herumgesprochen, dass auch andere Mädchen mit diesem Gedicht beschenkt worden waren. Wie viele, sie wusste es nicht, aber es hatten sich einige damit gebrüstet. Ein Affront, der ihr den Atem raubte. Als ob man ihr ein Messer in die Brust gestoßen hätte, so kam es ihr vor. Er, der Urheber, hatte sie vom Sockel der Einzigartigkeit gestürzt und zu einem auswechselbaren Exemplar erniedrigt. Im ersten Moment empfand sie Abscheu, Hass, dann Lust auf Rache, schließlich nur noch Traurigkeit, große Traurigkeit, die sie schwermütig werden ließ.

In ihrem Schmerz hatte sie sich Tante Josefine anvertraut. Nach dem Tod der Mutter war sie die einzige, bei der sie Trost und Beistand fand, wenn ihr schwer ums Herz war. Nicht immer fand sie die richtigen Worte, sie war damals schon eine etwas ältere Frau mit merkwürdigen Ansichten und einer sehr antiquierten Lebenseinstellung. Dennoch ging sie gerne zu ihr, sie erweckte den Eindruck, als hätte sie für alle Fragen des Lebens ein Patentrezept. Man fühlte sich bei ihr geborgen, und es gab vor allem jede Menge Süßigkeiten. Immer standen Pralinen, ein Sortiment von Keksen und zahlreiche Spirituosen auf dem Tisch. Sie konnte sich noch gut an den Tag erinnern, als sie in ihrem Kummer zu ihr gegangen war. Sie wohnte am anderen Ende der Stadt in einem schönen Gründerzeithaus mit verwildertem Garten und einem Pavillon, in dem es einen Käfig gab mit einem Papagei, der ständig drauflos plapperte und die Gäste mit einem „Hallo wie geht's?" begrüßen konnte.

Tante Josefine hatte das Gedicht überflogen, die Augenbrauen hochgezogen und über die dicken Brillengläser ihr tief in die Augen geschaut. Danach mehrfach mit der Zunge geschnalzt, ein Gedichtbändchen aus der Schublade geholt und ihr das Gedicht auf Seite 36, das hatte sie sich gemerkt, mit einer Geste des Triumpfes präsentiert. „Tja, mein liebes Kind, da haben wir wieder einmal den Beweis. Männer sind Ganoven. Sie arbeiten mit allen Tricks, um die Frauen zu betören. Es ist ihre Masche. Wenn man sie einmal durchschaut hat, fällt man nicht mehr auf sie herein. Komm her, mein Kleines. Ich weiß, es tut weh. Aber es geht vorbei. Nimm dir die Sache nicht zu Herzen. Es wäre ein nachträglicher Triumpf für diesen Kerl."

Stumm hatte Tante Josefine Zeile für Zeile gelesen, immer mehr die Stirn gerunzelt und ihren Kopf, über das ein Haarnetz gespannt war, geschüttelt „Sehr raffiniert eingefädelt. Dein Verehrer hat eine gute Wahl getroffen. Kein Gedicht, das jeder kennt. Kein Goethe, kein Schiller, kein Hölderlin, kein Rilke. Man muss mit Lyrik schon sehr vertraut sein, um auf den Namen zu kommen. Das hat sich dein Möchtegern-Poet wohl auch dabei gedacht. Schon mal was von Else Lasker-Schüler gehört? Nein? Siehst du, das war wohl seine Überlegung. Also, wenn du mich fragst, eine großartige deutsch-jüdische Lyrikerin, für mein Empfinden die Verfasserin der schönsten Liebesgedichte, die es aus dieser Zeit gibt. Alle Facetten der Liebe kommen in ihren Texten zur Sprache, nicht nur die schönen Seiten, auch das Leid. Dein Verehrer hat die beiden ersten Strophen übernommen und in der dritten und vierten Strophe ein paar eigene Gedanken hinzugefügt, nichts Besonders, ziemlich banal, aber immerhin ... Es ist die künstlerische Freiheit. Dagegen ist nichts zu sagen. Jedenfalls hat der Junge keine schlechte Wahl getroffen, diesen Text als Grundlage zu nehmen." Und mit ihrer tiefen Raucherstimme begann sie zu rezitieren, nachdem sie vorher mit einem Schluck Cognac aus dem gut gefüllten Schnapsgläschen sich die Stimme geschmeidig gemacht hatte. Schon kurz darauf musste sie sich räuspern, hielt inne, um dann von neuem anzusetzen, was ihr erst beim zweiten Anlauf gelang.

Es treiben mich brennende Lebensgewalten
Gefühle, die ich nicht zügeln kann.
Und Gedanken, die sich zur Form gestalten,
Sie greifen mich wie Wölfe an.

Ich irre durch duftende Sonnentage.
Und die Nacht erschüttert von meinem Schrei.
Meine Lust stöhnt wie eine Marterklage.
Und reißt sich von ihrer Fessel frei.

Und schwebt auf zitternden, schimmernden Schwingen
Zu dir, mein Lieb, zu dir ganz allein.
Ich hoffe, es könnt mir gelingen,
in deinem Schoß mit dir eins zu sein.

Ich liebe dich, ich sehne mich, begehre dich herzinniglich
hab' dich im Traum schon oft geküsst,
mein ein und alles du mir bist,
ich frage dich, liebst du auch mich?

„Der Titel des Gedichtes lautet „Trieb". Na ja, keine Ahnung, was den jungen Mann dazu angetrieben hat. Und wenn er es an so viele weitere Personen weitergleitet hat, dann kann ich nur dazu sagen, er hatte wirklich Mut, seine erwachte Sexualität dermaßen an die Öffentlichkeit zu tragen. Aber so sind die Männer. Man darf nicht jedes Wort von ihnen für bare Münze nehmen. Das meiste ist Lug und Trug."

Kein gutes Haar hatte Tante Josefine an dem Gedicht gelassen. Obwohl – so schlecht waren die hinzugefügten Strophen auch wieder nicht. Euphorisch, voller Gefühl, aber genau das mochte Tante Josefine nicht. Und Dinge unterhalb der Gürtellinie beim Namen nennen – schon gar nicht. Irgendwie wurde sie den Verdacht nicht los, dass sie ihr die Worte nicht gönnte. Sie hatte ihr Gesicht noch vor sich, wie die Augen sich zu kleinen Schlitzen schlossen, der Mund immer größer wurde und zum Lachen ansetzte, das kein Ende nehmen wollte. Das Lachen war ansteckend, dass ihr selbst nichts übrig blieb, als in dieses befreiende Lachen mit einzustimmen. Sie war Tante Josefine um den Hals gefallen, bis ihr die Tränen kamen, mehr vor Zorn und Wut, und den darunter liegenden Schmerz mehr und mehr verdrängten. Es war für sie wie eine Erlösung gewesen.

„Früher hat man die Verbrecher für ihre Schandtaten gebrandmarkt", hatte Tante Josefine gesagt und umgehend eine Zigarette aus ihrem silbernen Etui geholt. Ein geheimnisvoller Blick, dann schritt sie zur Tat. Ein Streichholz wurde angezündet, ein tiefer Zug aus dem Glimmstängel, dann noch einer, und die Zigarette wurde mit einer Miene des Triumpfes auf dem Kuvert ausgedrückt. „Der Schuft hat es verdient, wie ich meine. Und nun du!" Es war die erste Zigarette ihres Lebens gewesen. Sie fühlte sich dadurch geadelt und sehr erwachsen. Es sollte nicht die letzte bleiben. Sie hatte nur einmal schwach abgedrückt und große Genugtuung dabei empfunden, als würde sie nicht dem

Papier, sondern dem Absender mit ihrem Zigarettenstempel eine Verletzung zufügen.

„Und nun ab in den Müll!" hatte Tante Josefine gesagt. „Das Ding ist nicht mehr wert, als dass man es vernichtet. Und merk dir für die Zukunft, Männer sind in der Mehrzahl Verbrecher. Am besten, du hältst dich von ihnen fern. Sie bringen nur Unruhe in dein Leben. Solltest du dennoch mit so einem Kerl einmal etwas zu tun haben, begib dich sofort auf eine höhere Stufe und blicke auf ihn herab, das heißt, lass ihn einfach nach deiner Pfeife tanzen. Das ist jedenfalls die Meinung einer reifen Frau, die sich ein Urteil erlauben kann."

Tante Josefine, ältere Schwester ihrer verstorbenen Mutter, war eine liebenswerte Person, aber eine alte Jungfer, die schlechte Erfahrungen mit den Männern gemacht hatte. Sie traute keinem über den Weg, was ihr irgendwann auch zum Verhängnis wurde. Bei aller Lebensweisheit, die sie besaß, hatte sie sich als alte, einsame und verbitterte Frau in ihrer Wahrnehmung eingeprägt. Wenige Monate nach diesem Gespräch war sie nach einem Treppensturz mit anschließendem Schlaganfall verstorben. Immerhin hatte ihr die Tante, die kinderlos war, eine Wohnung in Zürich vererbt, die sie lange Zeit vermietet hatte, seit mittlerweile sechs Jahren für eigene Zwecke nutzte. Das Haus lag direkt am See, und sie liebte dieses Domizil, das mit dem Flugzeug in kurzer Zeit erreichbar war. Nun allerdings war der Zeitpunkt gekommen, sich von diesem Zufluchtsort trennen zu müssen. Eine Entscheidung, die sie nur schweren Herzens durchziehen würde können.

Tante Josefines Vorschlag, das Kuvert samt Inhalt zu vernichten, hatte sie nicht befolgt. Sie konnte sich ganz einfach nicht dazu durchringen. Immerhin war es der erste Liebesbrief ihres Lebens. Eines Tages würde sie wahrscheinlich bedauern, ihn entsorgt zu haben. Und war das Papier schuld an dem Desaster? Nein. Also bewahrte sie es auf. An Tante Josefine musste sie später oft denken, vor allem an deren Einstellung dem männlichen Geschlecht gegenüber. Ihre wohlmeinenden Ratschläge hatte sie zu keiner Zeit nicht befolgt. Jeder Mensch muss seine eigenen Erfahrungen machen und aus diesen lernen. Das war ihr Prinzip. Und so kam es, wie es kommen musste. Immer war sie an die falschen Männer geraten. Kaum war eine Beziehung beendet, hatte sie sich voll Hoffnung auf die nächste gestürzt, die nach kurzer Zeit ebenfalls scheiterte. Es lag wohl in der Familie, dieses mangelnde Glück mit den Partnern. Weder bei den Eltern, noch im Verwandtenkreis hatte sie stabile Beziehungen erlebt.

XXIV

„Wo sie nur bleibt?" Allmählich wurde der Mann ungeduldig. Er stand auf und suchte mit den Augen den Gang ab. Sie war nicht zu übersehen. Nur einige Meter von ihm entfernt, lehnte sie an der Wand und starrte zum Fenster hinaus. Und das, obwohl es jenseits der Scheibe nichts zu sehen gab. Merkwürdig. Sie starrte in die Finsternis hinaus, anstatt in das Abteil zurückzukehren und seine Gesellschaft zu suchen. Was war überhaupt passiert? War er ihr lästig geworden? Eine Weile beobachtete er die Frau, verspürte einen Druck in der Kehle. Gerade beugte sie sich zum wiederholten Mal nach unten, um eine deutlich sichtbare Laufmasche an ihrem dunklen Strumpf zu kontrollieren. Sie zog ihn etwas zur Seite, damit die Stelle weniger auffällig war. Danach massierte sie mit den Fingern ihr linkes Handgelenk, trat von einem Bein auf das andere, griff mit schmerzverzerrtem Gesicht nach ihrer Schulter, bewegte den Kopf hin und her, als hätte sie einen steifen Hals. „Sie sieht nicht gut aus", konstatierte der Mann. Sie wirkte blass und abgekämpft.

Und plötzlich war es wieder da, dieses Gefühl, das er in den vergangenen Stunden schon mehrfach wahrgenommen hatte. Es war so präsent, dass sein Pulsschlag aus dem Takt geriet. Lange war es her, dass der Anblick einer Frau sein Blut in Wallung brachte. Und wenn es passierte, war es körperliche Begierde. Doch dieser Tatbestand war schon lange nicht mehr aktuell. Er befand sich im Rentenalter, also in einem Lebensabschnitt, in dem Empfindungen für das andere Geschlecht sich gewandelt hatten. Also - was war es, was ihn vom Kopf bis zu den Fußspitzen erfasste wie gerade jetzt? Dieses Gefühl, das er als wohltuend wahrnahm, aber irgendwie nicht so recht deuten konnte. War es Mitgefühl? Eine Reaktion seines Gewissens, das ihn als Zeuge der traurigen Lebensumstände dieser Frau seit Stunden mit zunehmender Tendenz verfolgte? Anteilnahme? Schuldbewusstsein? Oder handelte es sich bei diesem undefinierbaren Gefühl gar um – Liebe? Natürlich im weitesten Sinn. Nicht in der Form, wie er sie bisher kennengelernt hatte. Schon mehr im Sinne von Sympathie und Zuneigung. Zuneigung zu einer Person, die im Inneren seiner Seele immer noch einen festen Platz hatte. Und daraus resultierend das Bedürfnis nach Einheit und Zusammengehörigkeit sowie den Entschluss, füreinander da sein zu wollen. Ja, so könnte man dieses Gefühl beschreiben, was ihn seit Stunden umtrieb. Wie nie zuvor verspürte er den inneren Drang, diesem hilflos wirkenden und vom Schicksal gebeutelten Geschöpf seine Fürsorge angedeihen zu lassen, es unter seine Fittiche zu nehmen und auf irgendeine Weise Wiedergutmachung zu leisten für alle Enttäuschungen, an denen er nicht ganz unschuldig war.

Nein, er wollte nicht warten, bis der Zug im Bahnhof angekommen war. Sich nicht der Gefahr aussetzen, dass unter Zeitdruck vieles nicht in angemessener Form ausgesprochen werden konnte, sie ihm nach dem Abschied in der Bahnhofshalle die kalte Schulter zeigte und für immer verschwand. Jetzt und sofort, hier auf dieser Stelle, wollte er ihr sagen, dass die Begegnung mit ihr nicht als Akt des Zufalls, sondern als schicksalhaftes Ereignis zu betrachten war. Möglicherweise hatte sie es auch so empfunden und wartete nur darauf, dass er die Initiative ergriff und sich ihr gegenüber öffnete. Menschen fortgeschrittenen Alters schätzten klare Aussagen. Sie liebten es nicht, im Ungewissen gelassen zu werden. Das wäre Zeitvergeudung und wenig zielführend. Also, was gab es zu überlegen? Er brauchte sich nur ein Herz zu fassen und auf sie zuzugehen. Seinen echten Namen würde er zunächst verschweigen. Was er zu sagen hatte, hatte mit Kurt Brandstätter nichts zu tun. Sollte nach seinem Bekenntnis das positive Echo ausbleiben, musste er die Niederlage akzeptieren. Aber er wusste dann zumindest, woran er war.

Er knöpfte sein Jackett zu und ging zu ihr. „Gott sei Dank! Da sind Sie ja. Hatte schon befürchtet, Sie vor Ankunft des Zuges nicht mehr zu sehen." Er schaute ihr in die Augen, dass Sie verunsichert seinen Blicken auswich. „Sie haben mir gefehlt. Bin jetzt schon untröstlich bei dem Gedanken, Sie nach den gemeinsam verbrachten Stunden wieder loslassen zu müssen. Eine Vorstellung, die mir kalte Schauer über den Rücken jagt. Ich hasse Abschiednehmen. Servus! Good-bye! Auf Nimmerwiedersehen! Schrecklich."

„Jetzt übertreiben Sie aber."

„Nein. Was ich damit sagen wollte, ist ... hm ... ja, wie soll ich mich ausdrücken? Ich hoffe, Sie nehmen mir meine Direktheit nicht übel. Wie Sie sehen, ringe ich momentan etwas mit den Worten, was selten vorkommt. Daran erkennt man, dass der Sachverhalt kompliziert ist. Es fällt mir nicht leicht, das, was ich zum Ausdruck bringen will, auf den Punkt zu bringen. Nun ja .. ich möchte ganz einfach sagen ... also ...

„Sagen Sie es - ganz einfach."

„Ich denke, dass sich das Schicksal durchaus etwas dabei gedacht hat ..."

„Wobei?"

„Nun ja ... dass wir beide uns hier in diesem Zug begegnet sind.
Das ist kein Zufall, denke ich. Ich würde es eher als Fügung bezeichnen. Als glückliche Fügung des Schicksals, wie man sie nur
selten erlebt. Ja, wie soll ich es beschreiben? Also, sagen wir es
so ... Die Personifizierung dieser schicksalhaften Begegnung
saß von Anfang an mir gegenüber. Wie auf einem Präsentiertel-
ler, um es etwas poetischer auszudrücken. Ich habe es jedenfalls so empfunden. Was für eine außergewöhnliche Frau! So
ging es mir bereits im ersten Moment durch den Kopf, nachdem
ich Sie wahrgenommen hatte. Und der erste Eindruck, auf den
es im Leben ankommt, er hat sich im Laufe der Fahrt für mich
bestätigt. Von Kilometer zu Kilometer sozusagen sind Sie mir ein
Stück näher gerückt. Nicht zuletzt durch die Tatsache, dass ich
Ihnen behilflich sein konnte, was in meinen Augen auch kein
Zufall gewesen ist. Es war vom Schicksal gewollt. Oder wie würden Sie es sehen?"

„Ich? Oh, ich weiß nicht."

„Mich hat es jedenfalls getroffen wie ... ja genau, wie der Blitz.
Auch wenn es kitschig klingen mag und meinem Alter nicht ganz
angemessen ist. Ich bin überzeugt, dass in diesem Zug zwei
Seelenverwandte aufeinander getroffen sind, die in früherer Zeit
schon einmal etwas miteinander zu tun hatten."

„Aber Herr Hoflehner, ist das nicht total abwegig? Verzeihen Sie, wenn ich Ihnen widerspreche, aber jetzt driften Sie in esoterische Welten ab. Damit habe ich nichts im Sinn. Tut mir leid, aber Ihre Gedankengänge erscheinen mir doch recht abwegig. Einfach zu übersinnlich. Ich sehe unsere Begegnung ganz und gar realistisch und würde Ihnen empfehlen, es ebenso zu betrachten. Tatsache ist, wir sind in diesem Zug aufeinander getroffen. Rein zufällig, wie ich meine. Dass ich mit meinem Absatz hängen geblieben bin, war ausgesprochen ärgerlich. Und dass Sie sofort zur Stelle waren, um mir aus der Patsche zu helfen, ein äußerst liebenswürdiges Entgegenkommen. Ich habe mich wirklich gefreut, Ihre Bekanntschaft machen zu dürfen, aber wie ich sehe, sie blickte auf die Armbanduhr, geht diese Bekanntschaft in circa fünfzehn Minuten zu Ende. Dann trennen sich unsere Wege, und alles ist wieder Vergangenheit. Menschen kommen, Menschen gehen. So ist das im Leben. Man sollte darin keine tiefere Bedeutung sehen. Es ist absurd, in diese Tatsache etwas hineinzuinterpretieren, das nicht existiert. Lassen Sie uns auseinander gehen und in guter Erinnerung behalten."

„Das müsste nicht sein", sagte der Mann und blickte der Frau wieder tief in die Augen. „Ich erwarte nicht, dass Sie genauso empfinden wie ich. Aber ich sehe es anders. Lassen Sie es mich erklären. Also - ich hoffe, Sie verstehen mich nicht falsch. Was mich betrifft, also, da war sofort dieses Gefühl der Vertrautheit, wie man es nur bei einem Menschen erlebt, den man eigentlich schon jahrzehntelang kennt. Hinzu kam diese ungeheure Anziehungskraft. Wie von einem Magnet angezogen, so haben sich meine Gedanken und Gefühle im Laufe der Reise immer mehr auf sie konzentriert. Ob ich wollte oder nicht, ich hatte keine andere Wahl. Ich war dieser Situation vollkommen ausgeliefert. Als hätten wir uns nur aus den Augen verloren und nach langer Zeit der Irrungen und Wirrungen wieder gefunden, so kam es mir vor. Das meine ich mit dem Wort Schicksal. Ich hoffe, Sie können mir folgen? Ich würde es jedenfalls sehr bedauern, wenn unsere Wege sich trennen und in verschiedene Richtungen laufen würden. Aus meiner Sicht wäre es ein großer Fehler, ja sogar eine Sünde, der Macht des Schicksals zu misstrauen, anstatt das Angebot anzunehmen und Konsequenzen daraus zu ziehen."

„Konsequenzen?"

„Ja, ich würde mir wünschen, dem Schicksal, oder wie man es auch immer nennen mag, dieser einmaligen Gelegenheit des Aufeinandertreffens, um es in ihrem Sinne etwas nüchterner auszudrücken, eine Chance zu geben. Konkret gesprochen hieße das, die geschenkte Zweisamkeit fortzusetzen und weiterhin in Kontakt zu bleiben, vorausgesetzt, dass Sie es auch so sehen und Sie dieser Person, die Ihnen gegenübersteht und mit allen Sinnen auf Sie einredet, nicht nach Ankunft im Bahnhof Zürich den Laufpass geben wollen. Ich würde mich jedenfalls sehr glücklich schätzen, wenn wir uns darüber einig wären."

„Aber Herr Hoflehner!" sagte die Frau irritiert. Ihre Wangen hatten Farbe bekommen, die Mundwinkel zuckten. Sie rang nach Worten. „Was reden Sie da? Darf ich Sie auf den Boden der Tatsachen zurückholen? Es tut mir aufrichtig leid, aber ich sehe mich veranlasst, ihnen alle Illusionen rauben zu müssen. Schauen Sie mich an. Schauen Sie in mein Gesicht! Schauen Sie genau hin! Was sehen Sie da?"

„Ich sehe zwei wunderschöne Augen, hohe Wangenknochen, einen interessant geschwungenen Mund. Gesichtszüge, die mich auf Anhieb fasziniert haben. Ja, ich gestehe es Ihnen hiermit, dass ich mich in dieses Gesicht verliebt habe. Und das auf den ersten Blick. So etwas soll es ja geben. Auch in meinem Alter. Was mich betrifft, so habe ich schon lange nicht mehr an diese Möglichkeit geglaubt."

„Sie machen mich verlegen"; sagte die Frau und errötete zunehmend. Die Ausführungen waren ihr peinlich. „Schauen Sie nochmals genau hin. Blicken Sie hinter die Fassade. Dahinter verbirgt sich die Wahrheit. Es ist das Gesicht einer älteren, gesundheitlich angeschlagenen Person, deren Lebenszeit begrenzt ist. Sie sollten es wissen, bevor Sie sich auf irgendetwas versteifen, was keine Perspektive hat. Und außerdem ist nicht auszuschließen, ja ich bin sogar davon überzeugt, dass es sich Ihrerseits nur um einen momentanen Eindruck handelt. Hören Sie in sich hinein, hören Sie auf Ihre innere Stimme! Glauben Sie nicht selbst, dass es nur ein Strohfeuer ist, ein Aufflackern eines Gefühls, das wieder erlischt? Vielleicht schon morgen, wenn die Fahrt, die unter einem ungünstigen Stern stand, Vergangenheit ist. Falls dieses Flämmchen überhaupt existiert, woran ich berechtigte Zweifel habe. Darf ich Ihnen eine Frage stellen?"

„Aber bitte, mit Vergnügen."

„Sie haben vorhin von Ihrer Tochter gesprochen, die in Zürich auf Sie wartet. Gehe ich recht in der Annahme, dass Sie verheiratet sind? Oder habe ich mich verhört?"

„Ach so, das meinen Sie." Der Mann wirkte erleichtert. „Nein, Sie haben ganz recht gehört. Ich habe eine Tochter, allerdings keine leibliche. Es ist die Tochter meiner verstorbenen Frau. Die Sache liegt dreißig Jahre zurück. Lotte war damals zwölf Jahre alt. Heute ist sie Ärztin an einem Krankenhaus in Zürich, und ich besuche sie gelegentlich. Nicht gerade der nächste Weg, wie Sie sehen, wenn man gezwungenermaßen mit dem Zug reisen muss. Und was das Alter betrifft, so kann ich dazu nur sagen, dass ich ebenfalls den größten Teil meines Lebens hinter mir habe. In dieser Beziehung geht es uns doch allen gleich. Wir wissen nicht, wann das letzte Stündlein schlagen wird. Genau aus diesem Grund sollten wir das Leben, soweit es uns vergönnt ist, genießen und alle Möglichkeiten nutzen, die uns – ja, jetzt komme ich wieder auf das Wort zurück, das Sie nicht so gerne hören - vom Schicksal geschenkt werden."

„... vom Schicksal ...ich weiß nicht ... lassen Sie mich darüber nachdenken", sagte die Frau und machte Anstalten, in das Abteil zurückzugehen. Das Gespräch kostete sie zu viel Kraft. Nach allem, was sie in den letzten Minuten für sich beschlossen hatte, widerstrebte es ihr, dem Redeschwall des Mannes Aufmerksamkeit zu schenken, der seinen ganzen Charme, gespickt mit absurden Argumenten, in den Ring warf, um zu reüssieren. Seine wahren Absichten zu durchschauen, war schwer. So wie sie ihn einschätzte, ging es ihm um ein Abenteuer. Darauf legte sie keinen Wert. Sie spürte, wie ihr die Knie zitterten. Irgendwann würde sie schwach werden und einknicken. Er hatte sie in seiner Hand. Schon rein körperlich betrachtet war er in der überlegenen Position. Einen Kopf größer als sie, blickte er ständig auf sie herab. Mit demselben Blick wie früher. Als ob er sie mit seinen Augen durchleuchten wollte, so kam es ihr vor. Der Punkt würde kommen, sie war sich dessen ganz sicher, an dem sie seinem Werben nicht mehr widerstehen konnte. So weit durfte sie es nicht kommen lassen. Sie fürchtete sich davor. Sie musste eine Möglichkeit finden, sich der Situation zu entziehen. Immer mehr fühlte sie sich an frühere Zeiten erinnert. Seine Taktik war dieselbe, ein Vorstoß nach dem anderen, ein Kompliment nach dem anderen. Es war ihr schon damals unangenehm gewesen. Sie hatte sich in die Enge getrieben gefühlt und nicht gewusst, wie sie reagieren sollte. Am liebsten hätte sie sich in ein Mauseloch verkrochen. Meist hatte er sie am Arm festgehalten, damit sie nicht entfliehen konnte. Dann, im Zustand höchster Verunsicherung, als ihre Psyche zu schreien begann, hatte sie meist einen Erstickungsanfall mit starkem Hustenreiz vorgetäuscht und war davongelaufen.

Unwillkürlich musste sie an Tante Josefine denken. Sie hatte so recht mit ihrem Urteil über Männer. Das Blaue vom Himmel würden sie herunter lügen und mit raffinierten Tricks die Schlinge um das Objekt der Begierde immer enger ziehen, um dann, am Ziel ihrer Wünsche angekommen, sich sang- und klanglos aus dem Staub zu machen. Männer sind Verbrecher, Taugenichtse, Hallodris. Heute so, morgen so. Sie liegen einer Frau zu Füßen, machen auf große Gefühle, und dann, nach einiger Zeit lassen sie das andere Geschlecht fallen wie eine heiße Kartoffel. Diese charakteristischen Beschreibungen hatten sich in ihrem Gedächtnis fest eingeprägt. So einen wie Kurt Brandstätter musste Tante Josefine wohl gemeint haben.

„Entschuldigen Sie mich, wenn ich sie hier stehen lasse. Ich möchte mich doch lieber ins Abteil begeben. Hier im Gang ist es sehr zugig. Wir haben später nochmals Gelegenheit, darüber reden."

„Nein, bitte nicht. Die Zeit drängt. Ich möchte eine Antwort. Bitte weichen Sie mir nicht aus. Es ist mir wichtig."

Eine Hand legte sich auf ihre linke Schulter, um mit dieser Geste zu unterstreichen, dass sie bleiben möge. „Ich habe Sie beobachtet", sagte der Mann. „Haben Sie ein Problem mit der Schulter?"

„Nein, nein, es ist alles in Ordnung", sagte die Frau. „Ich wurde von einem Rucksack gestreift. Der Träger hat im Vorbeigehen eine Kehrtwende gemacht und mich dabei wohl übersehen. Ich bin zur Seite gekippt, dabei ist es passiert. Eine falsche Bewegung, na ja, Sie wissen sicher, wie das ist. Nicht der Rede wert."

„Wie kann man eine Frau wie Sie nur übersehen? Muss ein ziemlicher Rüpel gewesen sein. Mir wäre das nicht passiert. Ich hoffe, er hat sich entsprechend entschuldigt."

Die Hand befand sich noch immer auf ihrer Schulter. Unfähig, sich von der Stelle zu rühren, ließ sie es geschehen, obwohl sie sich innerlich dagegen sträubte. Wie lange war es her, dass eine Männerhand ihre Schulter berührt hatte? Nicht aus Versehen, sondern mit voller Absicht? Sehr, sehr lange jedenfalls, wenn sie so darüber nachdachte. Im Grunde genommen waren ihr körperliche Berührungen unangenehm. Es hatte sich im Laufe der Jahre so ergeben. Körperliche Nähe setzte ein Vertrauensverhältnis voraus, das im vorliegenden Fall nicht existierte. In ihren Augen war es ein Affront, die Hand auf die Schulter einer fremden Person zu legen. Was dachte sich der Mann dabei? Auf der Stelle müsste sie sich von dieser großen, kräftigen Hand befreien, die auf diese Weise sich die Freiheit herausnahm, Besitzansprüche öffentlich zur Schau zu stellen. Es war ihr Körper, eine fremde Hand hatte dort nichts zu suchen. Mit einer ruckartigen Bewegung versuchte sie, die Hand abzuschütteln. Der Mann reagierte nicht. Er genoss es offensichtlich, seine Finger über ihre Schulterpartie gleiten zu lassen und mit dem Daumen ihr Schulterblatt zu massieren, sanft und sehr einfühlsam. Sie wehrte sich nicht, obwohl sie es als Aufdringlichkeit empfand. Sie verstand sich selbst nicht mehr. Warum gelang es ihr nicht, den Mann aufzufordern, seine überaktive Hand von ihrer Schulter zu entfernen? Im Geiste sah sie den Großvater vor sich, der sie als kleines Mädchen nach einem Sturz mit ihren Rollschuhen getröstet und ihr immer wieder liebevoll über die schmerzende Schulter gestrichen hatte. Aber der Mann war nicht der Großvater. Es war ihm nicht gestattet, sich das Recht herauszunehmen, die äußerst intime Geste des Großvaters für sich in Anspruch zu nehmen, die auf anderen Voraussetzungen gegründet war.

Es dauerte noch ein, zwei Minuten, dann gelang es ihr doch, sich zur Wehr zu setzen und ihren Willen zum Ausdruck zu bringen. „Lassen Sie das! Bitte! Nehmen Sie die Hand von meiner Schulter. Ich möchte ins Abteil zurückgehen." Der Mann folgte ihrem Befehl. „Entschuldigen Sie. Ich wollte Sie keinesfalls belästigen. Nehmen Sie es mir bitte nicht übel. Ich war in Gedanken. Tut mir leid."

XXV

Die Schiebetüre sprang auf. Eine streng wirkende, weibliche Person in Uniform betrat den Gang. Im Stechschritt ging sie voran, ohne das Paar am Fenster auch nur eines Blickes zu würdigen. Sie öffnete die zweite Schiebetüre und betrat Wagen neun.

„Frau Karasek?" Ihre Stimme war laut und schrill und bis auf den Gang hinaus zu hören.

Die Frau löste sich aus der Umklammerung und eilte zu ihrem Platz. Der Mann folgte ihr.

„Ja bitte? Sie wünschen?"

„Ich würde Sie gerne unter vier Augen sprechen. Ich habe Ihnen etwas mitzuteilen."

Der Mann wich nicht von ihrer Seite. „Der Dame geht es nicht gut. Ich bitte das zu berücksichtigen."

„Ja, kann ich verstehen. Deshalb bin ich da."

„Kommen Sie zur Sache. Um was geht es?" sagte die Frau und wirkte gefasst. „Ich lege nicht unbedingt Wert auf Diskretion. Sie ist heute im Zug schon mehrfach missbraucht worden. Sagen Sie mir, was Sie zu sagen haben. Jeder kann es hören. Ich habe keine Geheimnisse." Sie blickte sich im Großraumwagen um, in dem alle Augen auf sie gerichtet waren. „Gestatten Sie, dass ich zunächst Ihren Personalausweis einsehe?"

„Aber gerne. Hier. Bitte."

Ein prüfender Blick von wenigen Sekunden genügte. „Danke, Frau Karasek. Alles in Ordnung. Ich möchte mich im Namen der Deutschen Bahn für den Vorfall entschuldigen, dem Sie als Fahrgast vor einigen Stunden ausgesetzt waren. Wir haben den Unruhestifter auf der vorletzten Haltestation der dortigen Polizei übergeben. Alle Fakten sind geprüft. Fazit ist, der Mann hatte vor dreizehn Jahren eine Straftat begangen und saß dafür drei Jahre im Gefängnis. Obwohl er die Tat bis zum Schuldspruch bestritten hatte, wurde er aufgrund von Indizien verurteilt. Zwischen Ihnen und der Person, die ihn verklagt hat, muss eine große Ähnlichkeit bestehen. Das war wohl der Grund, weshalb er sich auf sie fixiert hat. Allerdings musste er einräumen, nachdem er halbwegs wieder zur Besinnung gelangt ist, dass sie eventuell doch nicht diese Person gewesen sind. Er könne sich auch getäuscht haben. Der Name der Anklägerin war Lilienfels, interessanterweise auch Ihr Mädchenname. Allerdings ist der Vorname ein anderer gewesen. Und das Geburtsjahr stimmt auch nicht überein. Ich hoffe, unsere Recherchen haben dazu beigetragen, dass sie persönlich diesen Vorfall für sich ad acta legen können. Tut mir wirklich leid, dass er nicht zu verhindern war. Ich hoffe, Sie können die Angelegenheit nun endgültig für sich begraben."

„Danke. Ich habe sie bereits aus meinem Gedächtnis gelöscht."

Die Polizistin war im Begriff, das Abteil zu verlassen. Sie hatte bereits die Schiebetüre geöffnet, als ihr der Mann nachrief: „Entschuldigen Sie, ich würde Sie gerne noch etwas fragen. Wir haben eine Verspätung von mehr als zwei Stunden. Darf man erfahren, was ist im vorderen Zugteil passiert ist? Als Reisende, die wir in Mitleidenschaft gezogen worden sind, haben wir sicher ein Recht darauf:"

„Leider muss ich Sie enttäuschen", antwortete die Polizistin. „Die Ermittlungen dauern noch an. Tatsache ist, es gab eine Leiche. Weiblich, sehr jung. Alles deutete auf Selbstmord hin, aber an dieser Version sind mittlerweile Zweifel aufgekommen. Ein Mordanschlag, an dem mehrerer Personen beteiligt waren, kann nicht mehr ausgeschlossen werden. Die Untersuchungen dauern an. Soviel zu diesem Thema. Ich wünsche Ihnen einen guten Abend."

„Danke. Das wünschen wir Ihnen auch."

Es war ausgesprochen. Das Geheimnis des Tages, das ein Geheimnis bleiben sollte. Über das Ende der Fahrt hinaus. Es war nun kein Geheimnis mehr. Es war eine nackte Tatsache.

XXVI

„Lassen Sie uns wieder Platz nehmen", sagte der Mann und ließ die Frau in Fahrtrichtung sitzen. „Ich hoffe, es geht Ihnen besser, nachdem sich alles aufgeklärt hat und Ihre Ehre auch offiziell wieder hergestellt ist. Ich gratuliere Ihnen. War ja wohl der absolute Stress für Sie." Die Frau nickte. Man konnte an ihrem Gesicht, das keine Spur von Anspannung erkennen ließ, ablesen, dass ihr ein Stein vom Herzen gefallen war. Mit ruhigen Händen öffnete sie ihre Handtasche, um zu kontrollieren, ob alles an seinem Platz war. Sie blickte unter den Tisch. Nein, es war nichts heruntergefallen. Ein Blick nach oben. Der Koffer war an seinem Platz. Sie wollte noch schnell den Mantel herausnehmen. Draußen war es kalt, der Trenchcoat würde ihr gute Dienste leisten. Sie stand auf, um den Koffer herunterzuholen. Der Mann kam ihr zuvor.

„Darf ich?"

„Oh, vielen Dank. Sehr freundlich."

Sie öffnete den Reißverschluss. Der Trenchcoat lag obenauf. Sie legte ihn neben sich. Alles griffbereit. So wollte sie es haben. Bei der Ankunft musste es schnell gehen.

„Jetzt haben Sie doch etwas mit Lilien zu tun", sagte der Mann und warf einen verschmitzten Blick auf die Frau. „Irgendwie hatte ich es von Anfang an im Gefühl. Aber man muss einem Fremden nicht die letzten Familiengeheimnisse offenbaren. Da kann ich Sie gut verstehen. Verzeihen Sie, wenn ich mich jetzt wiederhole. Ich könnte mir kein schöneres Ebenbild aus der Welt der Pflanzen für eine Frau wie Sie denken. Lilien sind besondere Blumen von zeitloser Schönheit und langer Haltbarkeit. Diese Eigenschaften treffen auf Sie in jeder Beziehung zu. Und ich sage dies mit vollem Ernst, ganz ohne Schmeichelei."

„Danke, Sie sind ein Charmeur", sagte die Frau. „Schauen Sie, draußen hat es aufgehört zu regnen. Kein Wasser, kein Wind, die Luft frisch, der Himmel klar, von Sternen übersät. Das ist das Faszinierende an der Natur. Auch nach dem heftigsten Sturm klärt sich die Atmosphäre, alles löst sich in Wohlgefallen auf. Absolute Harmonie, Ruhe, Frieden, Entspannung. Als ob nichts gewesen wäre. Es ist für mich jedes Mal wie ein Wunder. Man denkt, die Welt geht unter, und dann ist alles Schnee von gestern."

„Es ist wohl die Gesetzmäßigkeit der Natur, um der Hybris Grenzen zu setzen und den Menschen Demut zu lehren. Erst wenn die Dinge in Gefahr sind oder gar verloren scheinen, weiß man sie wirklich zu schätzen", sagte der Mann und zog die Augenbrauen hoch, wie immer, wenn er etwas Bedeutsames zu sagen hatte. „Ohne die Faust Gottes würden wir Menschen nicht über den Wert unseres Daseins nachdenken. Wir gehen zu achtlos um mit Dingen, weil wir sie für selbstverständlich halten. Das betrifft im übrigen auch den Umgang mit unseren Mitmenschen. Wir schlagen über die Stränge, zerschlagen Porzellan und müssen danach den Scherbenhaufen zusammenklauben. Letztlich folgt ein Sturm der Gefühle den gleichen Prinzipien. Wenn er Sinn machen soll, muss nach dem Sturm ein Reinigungsprozess einsetzen und nach Aufarbeitung aller Fakten wieder für frischen Wind und Harmonie sorgen. Einfach ausgedrückt, nach einem Kriegszustand mit Chaos, Willkür, roher Gewalt, müssen Friedensverhandlungen einsetzen. Ruhe und Harmonie sind auf andere Weise nicht zu erzielen. Die Menschen kennen dieses Prinzip, aber sie beherzigen es nicht. Auf jedes Gewitter, das sich mit Wucht entladen hat, könnte wieder Sonnenschein folgen. Vorausgesetzt, dass ein Reinigungsprozess im Sinne einer Klärung stattgefunden hat."

„Jetzt haben Sie wieder wie ein Philosoph gesprochen", sagte die Frau.

Sie blickte auf ihre Armbanduhr. 22.45 Uhr. Es lief zügig. Falls es keine Probleme bei der Einfahrt in den Bahnhof gab, waren sie in sieben Minuten am Ziel. Vororte von Zürich rauschten vorbei, die trostlose Schwärze außerhalb des Fensters war illuminiert, nicht nur, was den Sternenhimmel betraf, an dem die Lichter funkelten. Lichtreklamen tauchten auf, Häuser legten Zeugnis davon ab, dass hinter den beleuchteten Fenstern Menschen wohnten, die den Feierabend genossen.

Im Großraumwagen herrschte Aufbruchstimmung. Menschen erhoben sich von ihren Sitzen, dehnten und streckten sich, nahmen Taschen und Koffer aus der Gepäckablage. Aktenkoffer gingen auf und zu, man hörte es am schnappenden Geräusch der Verschlüsse. Gelegentlich wurde telefoniert, die Ankunftszeit bekannt gegeben. Einer aus der Männergruppe, offensichtlich Mitglieder eines Fußballvereins, rief: „Leute, nicht zu fassen! Der Zug fährt ein. Getroffen! Tor! Wahnsinn!" Alle klatschten.

„Zeigst du mir nochmal deinen Finger?" Das Kind stand plötzlich wieder neben der Frau. Einen Moment lang war sie irritiert. Dann kramte sie aus ihrer Handtasche einen Schokoriegel hervor und präsentierte ihn zwischen Daumen und Zeigefinger. „Hier", sagte sie, „damit du ein Andenken an mich hast, kleiner Mann. Sicher bist du müde." Das Kind verneinte. Seine Blicke wanderten zwischen der Mutter und dem Finger hin und her, der die kindliche Phantasie noch lange beschäftigen würde.

Der Mann stand auf und holte seinen Koffer herunter. Man hörte ihn schwach seufzen. „Die Hüfte", sagte er. „Langes Sitzen ist Gift. Morgen muss die fehlende Bewegung nachgeholt werden. Ich stelle mir einen ausgedehnten Spaziergang um den See vor. Gerne zu zweit. Nehmen Sie auch ein Taxi? Wo müssen Sie denn hin?"

„Ich wohne privat. Die Wohnung liegt direkt am See, linkes Ufer. Zehn Minuten Fahrt von hier. Und Sie? Wo müssen Sie hin

„In die Rämistrasse. Meine Tochter ist Ärztin an der dortigen Augenklinik. Sie wohnt gleich um die Ecke. Ich könnte fast zu Fuß laufen, wenn es nicht schon so spät wäre. Es würde dem Körper gut tun nach dem langen Sitzen im Zug. Ich werde Sie auf alle Fälle zum Taxi begleiten, wenn Sie mir diesen letzten Liebesdienst erweisen würden." Die Frau nickte.

XXVII

Noch drei Minuten. Der Count-Down lief. Der Mann wartete auf eine Antwort. Sie spürte es. Sie sah es ihm an. Er wartete auf die Antwort, die er hören wollte und die sie ihm nicht geben konnte. Ihre Kehle war wie zugeschnürt. Er würde wieder fragen. Und nochmals fragen. Er gehörte nicht zu den Männern, die kurz vor dem Ziel aufgaben. Irgendwann würde er die Frage zum letzten Mal stellen. Wenn sie mit „nein" antwortete, hätte sie gewonnen und doch alles verspielt. Ihre Wege würden sich trennen und dann für immer auseinandergehen. Der Gedanke versetzte sie in Panik. Sie hasste es, Entscheidungen treffen zu müssen, die sie in einen Gewissenskonflikt brachten. Ihre Hände begannen zu zittern. Sie nahm den Trenchcoat, legte ihn auf ihren Schoß, damit sie die Hände darunter verstecken konnte. Sie verschränkte die Finger ineinander, murmelte ein Stoßgebet: „Lieber Gott, steh mir bei. Hilf mir, das Richtige zu tun."

Während sie krampfhaft darüber nachdachte, was wohl das Richtige wäre, tauchte wie aus dem Nichts das Gesicht von Tante Josefine auf. Dieses alte, verkniffene Gesicht, gezeichnet von Freudlosigkeit und Verbitterung. Es kam näher. Die schmalen, blutleeren Lippen, die keine Kontur mehr hatten, öffneten sich leicht und setzten zum Sprechen an. Zähne, vom Rauchen vergilbt und unansehnlich, wurden größer und größer. Eine Zunge kam zum Vorschein, die sich genüsslich über die Oberlippe fuhr und mit einer tiefen Raucherstimme zum Reden ansetzte: „Liebes Kind, lass die Finger von den Männern. Trau keinem Mann über den Weg. Sie wollen nur eins. Unterwerfung! Ja, Unterwerfung! Willst du das auch? Willst du die Sklavin eines Mannes sein? Seine Launen ertragen? Ihm immer zu Diensten sein? Dich von ihm betrügen lassen? Nein, das kannst du nicht wollen. Also höre auf mich! Bleibe du selbst und jage alle Männer zum Teufel, bevor du selbst gejagt wirst. Sei vernünftig und befolge meinen Rat. Es ist der Rat einer Frau, die aus Erfahrung spricht. Lieber einsam durchs Leben gehen, als in einer Beziehung unglücklich werden."

Die Frau versuchte, das Bild aus ihrem Kopf zu löschen. „Altes, frustriertes Weib", dachte sie. „Wie kommst du dazu, dich in mein Leben einzumischen? Verschwinde!" Es brauchte seine Zeit. Doch es gelang. Die Tante lachte noch einmal hämisch und verzog ihr Gesicht zu einer abschätzenden Grimasse. Dann trat sie den Rückzug an, bis sie immer mehr schrumpfte und sich in Nichts auflöste.

„Mein Leben ist noch nicht zu Ende, Tante Josefine. Vielleicht fängt es gerade jetzt erst richtig an. Und du wirst sehen, es kommt alles anders als gedacht. Man muss den Dingen eine Chance geben. Ich weiß nicht, worauf ich mich einlasse. Es wird ein Abenteuer. Aber ich bin kein Mädchen mehr, Tante Josefine. Ich bin eine reife Frau, die noch nicht alle Erfahrungen im Leben gemacht hat. Und ich bin neugierig. Ja, so ist es, Tante Josefine. Ich bin neugierig geworden. Neugierig auf das, was noch kommt. Dazu hat diese Reise beigetragen. Vielleicht kommt auch nichts mehr. Vielleicht aber doch. Kann sein, dass es mir nicht gut tut. Man wird sehen. Meine Lebenszeit ist kurz. Angeblich. Nach Lage der Dinge und den Erfahrungswerten, die man hat. Aber wer weiß das schon? Wer hat ein Recht, dies zu behaupten? Mir vorzurechnen, wie lange ich noch zu leben habe? Wer kann das so genau wissen? Vielleicht werde ich wieder gesund. Ja, es wäre ein Wunder, aber nicht ausgeschlossen. Ich werde um dieses Wunder kämpfen, kämpfen, kämpfen. Ich werde mein Laster einstellen und vieles anders machen. Gott wird mir beistehen. Und nicht zuletzt die Liebe. Ich habe sie auf dieser Reise kennengelernt. Ich wollte sie nicht zulassen. Niemals wollte ich sie zulassen. Immer habe ich mich dagegen gewehrt. Es war ein Fehler. Aber nun ist sie da, zum Greifen nahe. Das ist eine Chance. Vielleicht die letzte. Kannst du mir folgen, Tante Josefine? O mein Gott!“

Eine Lautsprecherdurchsage unterbrach ihre Gedankengänge. „Meine sehr geehrten Damen und Herren, liebe Fahrgäste! Wir haben nunmehr mit einer Verspätung von leider mehr als zweieinhalb Stunden unser Ziel, Zürich Hauptbahnhof, erreicht. Die Deutsche Bahn möchte sich bei allen Reisenden für die entgegengebrachte Geduld bedanken und sich für die Verzögerungen entschuldigen, die aufgrund unvorhergesehener Ereignisse leider nicht zu verhindern waren. Wir hoffen dennoch, Sie als Fahrgäste bald wieder begrüßen zu können. Bitte achten Sie auf Ihr Gepäck. Vergessen Sie keine Gegenstände im Zug. Herzlichen Dank und auf Wiedersehen."

Der Zug fuhr ein. Die Frau streifte sich den Trenchcoat über, griff nach ihrem Trolley und begab sich in Richtung Ausgang. Der Mann folgte ihr.

„Moment, überlassen Sie das mir", sagte er, als sie ihren Koffer die Stufen hinunterheben wollte. „Ich habe zwar ein leichtes Hüftproblem, aber die Schulter ist in Ordnung."

Auf dem Bahnsteig wimmelte es von Menschen. Man lag sich in den Armen, Wiedersehensfreude, wohin man sah. Die Luft war klar und frisch, wie ausgewechselt. Nach den endlos langen Stunden im schlecht gelüfteten Zug tat es gut, sie einzuatmen. „Ach, wie wunderbar! Wusste gar nicht mehr, wie gut frische Luft schmeckt. Wie Champagner." Die Frau schloss die Augen und holte ein paarmal tief Luft. Der Mann beobachtete sie. Sie wirkte wie von einer Last befreit. Irgendwie leicht und beschwingt. Er hingegen sehr ernst. Die Frau betrachtete ihn von der Seite. Zum ersten Mal stellte sie fest, dass er gealtert war. Die Reise hatte ihn angestrengt. Warum sagte er nichts? Zuerst redete er ohne Unterlass, und jetzt war er verstummt. Die Frau blickte ihm ins Gesicht. Er wirkte geistesabwesend. Hatte er es sich anders überlegt? Warum sagte er nichts? Es wäre so gut, wenn er die Frage noch einmal stellen würde. Die Frage der Fragen. Nur ein einziges Mal noch. Ein allerletztes Mal. „Bitte, sag es!" dachte die Frau. Aber er sagte nichts.

Kurz bevor sie den Taxistand erreichten, blieb die Frau abrupt stehen. Der Mann schaute sie verwundert an. „Übrigens - wir könnten tatsächlich morgen einen Spaziergang machen. Um den See, wenn Sie wollen. Bewegung wird uns gut tun. Das Wetter wird schön. Und wir hätten uns noch so viel zu erzählen, nicht wahr? Was halten Sie davon? Hätten Sie Lust? Danach noch ein Kaffee bei mir? Meine Wohnung liegt am See. Hier ist meine Visitenkarte. Auf der Rückseite finden Sie die Telefonnummer. Sie können mich morgen ab 10 Uhr erreichen. Ich würde mich freuen. Ja, wirklich."

Großer Gott! Was hatte sie gesagt? War das ihre Stimme gewesen? Sie erschrak und wurde rot im Gesicht. Aber es war nicht mehr rückgängig zu machen. Die Worte waren aus ihr heraus

gesprudelt. Einfach so. Sie konnte nichts dagegen tun. Es war passiert. Aber - was war daran so schlimm? Sie war über ihren Schatten gesprungen. Genau wie er. Tante Josefine wäre entsetzt. Einem Mann eine Telefonnummer auszuhändigen, ein absolutes No-Go, einer feinen Dame unwürdig. Es war unter ihrem Niveau, so etwas zu tun. Aber es fühlte sich nicht verkehrt an. Im Gegenteil, es fühlte sich sehr, sehr gut an, vor allem echt und äußerst befreiend.

„Ich freue mich", sagte der Mann und warf einen verstohlenen Blick auf das Kärtchen. Eigentlich überflüssig. Er wusste, was darauf stand, es war keine Überraschung, aber es erfüllte ihn mit Genugtuung, nun auch schwarz auf weiß in seinen Händen zu halten, was er von Anfang an gewusst hatte. Es musste für sie ein Kraftakt gewesen sein, ihm die Visitenkarte zu überreichen. Das machte die Sache besonderes wertvoll.

„Wir machen uns morgen einen schönen Tag. Das verspreche ich Ihnen."

„Einen schöneren als heute", sagte die Frau und lächelte, bevor sie im Taxi verschwand.

„Einen Moment noch!" Der Mann öffnete seine Aktenmappe, holte ein Kuvert heraus und überreichte es ihr mit einem Hände-druck. „Kleine Gute-Nacht-Lektüre", fügte er augenzwinkernd hinzu. „Der Text kommt von Herzen. Ich wünsche Ihnen eine angenehme Nacht. Bis morgen."

Eigentlich war es seine Absicht gewesen, den Brief zu einem späteren Zeitpunkt zu überreichen. Oder auch gar nicht, wie er vor einer knappen Stunde beschlossen hatte. Aber sein Instinkt sagte ihm, dass jetzt der richtige Augenblick dafür wäre. Diesmal sollte alles von Anfang an seine Richtigkeit haben. Es war Spätherbst.

Wenn Du vor mir stehst und mich ansiehst,

was weißt du von den Schmerzen, die in mir sind,

und was weiß ich von den Deinen?

Und wenn ich mich vor Dir niederwerfen würde

und weinen und erzählen,

was wüsstest Du von mir mehr als von der Hölle,

wenn Dir jemand erzählt, sie ist heiß und fürchterlich.

Schon darum sollten wir Menschen voreinander

so ehrfürchtig, so nachdenklich, so liebend stehen

wie vor dem Eingang zur Hölle.

Franz Kafka (1883 – 1924)

Aus einem Brief Kafkas an Oskar Pollak, 9.November 1903.

Zeitfracht Medien GmbH
Ferdinand-Jühlke-Straße 7
99095 Erfurt, Deutschland
produktsicherheit@kolibri360.de